海外詩文庫
16

Fernando Pessoa

World Poems

ペソア詩集

澤田 直 訳編
Sawada Nao

思潮社

海外詩文庫16 *World Poems* ペソア詩集 *Fernando Pessoa* 澤田直訳編 目次

フェルナンド・ペソア詩篇
（澤田直訳）

リカルド・レイス詩篇

（澤田直訳）

散文

詩人論・作品論

解説・資料

装幀・芦澤泰偉

詩篇

フェルナンド・ペソア詩篇

自己心理記述

詩人はふりをするものだ
そのふりは完璧すぎて
ほんとうに感じている
苦痛のふりまでしてしまう

書かれたものを読むひとが
読まれた苦痛のなかに感じるのは
詩人のふたつの苦痛ではなく
自分たちの感じない苦痛にすぎない

こんなふうに　軌道のうえを
理性を楽しませるためにまわっている
そのちいさなぜんまいの列車
それが心と呼ばれる

（わたしは逃亡者…）

わたしは逃亡者だ
生まれたとき　わたしは
自分のなかに閉じこめられた
ああ　しかし　わたしは逃げた

ひとは飽きるものだ
同じ場所に
それなら　同じであることに
どうして　飽きぬことがあろうか

わたしの魂は　自分を探し
さまよいつづける
願わくは　わたしの魂が
自分に出逢いませんように

何ものかであることは牢獄だ
自分であることは　存在しないこと
逃げながら　わたしは生きるだろう

より生き生きと　ほんとうに

（わたしがすること　思うこと…）

わたしがすること　思うこと　すべてが
中途で留まってしまう
欲するときは　無限を欲しているのに
行動となると　何ひとつ本物でなくなる

自分のしたことを見ると
すさまじい自己嫌悪を感じてしまう
魂は豊かで　明断なのに
わたしは藻でいっぱいの海なのだ——

彼方の海の断片が
緩やかに漂う海……
それが意志なのか　思惟なのかはわからない
わからないということだけは　よくわかっている

（旅をする…）

旅をする！　故郷を失う！
つねに別人でいること
魂に根《ルーツ》などありはしない
ただ見るためのみに生きている

いまでは自分にさえ属していない！
前進する　いかなる目的もないことに
したがって進む
何かに到達しようという狂おしい欲望もなく

こんなふうな旅こそ　ほんとうの旅
それは通過の夢だけを
自分のものとする
その他に残るのは　天と地のみ

これ

わたしの書くものはすべて　ふりにすぎない
とひとは言う　そんなことはない
ただ　わたしは想像力で
感じるのだ
心は使わない

わたしが夢見たり　感じたりするもの
わたしには届かないもの　消えゆくもの
それらはすべて　何かを見下ろす
テラスのようなもの
そこから見える何かこそが　美しい

だから　わたしは書く
遠くにあるものに囲まれて
夢中になることもなく
存在しないものを生真面目に
感じているかだって？　感じるのは読者の役割

（わたしは何ひとつ…）

わたしは何ひとつしたことがない　そうなのだ
これからもしないだろう　だが　何もしないこと
それこそわたしの学んだこと
すべてをする　何もしない　それは同じこと
わたしとは　なれなかったものの亡霊にすぎない

ひとは見捨てられて生きている
真理も　懐疑も　主人もない
人生はよい　酒はさらによい
愛はよい　眠りはさらによい

（わたしの心の…）

わたしの心の底には
ふたつの郷愁《サウダージ》がある
愛　そして　友
どちらもほんとうのものではない

この人生でわたしには
どちらも与えられることはなかった
それでも　この郷愁を感じるだけで
胸が苦しくなる

苦しくなる?　さあ　そんな気はするけど……
存在し　傷つけるすべてが
忘れ去られるとすれば
悲しい存在　それが詩

(もうほとんど一年…)

もうほとんど一年　何も書いていない
瞑想のしすぎで
わたしは不断に注意をつづける
こんな人間になってしまった

かつての自分が懐しい

無人の魂だったころ
わたしは　まったくの別人で
詩句は　無からやってきた

いまでは　なすことすべてを考え
自分の言うことを意識しながら書く……
誰のために　空間を落ちてゆくのか
この遠いはるか昔の黄昏は

(ぼくから遠く…)

ぼくから遠く離れて　ぼくのうちに　ぼくは存在する
ぼく自身であるものとは　別のところに
影と運動　ぼくはそのなかにある

(ぼくが好むのは…)

ぼくが好むのは　かつてあったあらゆること

いまではもはやないこと
もはや感じない苦痛
かつての誤った信仰
苦痛を残した昨日
悦びを残していったもの
それらはかつて存在したが　過ぎ去ってしまったから
今日という日もすでに　また別の日だ

（子どものころ　ぼくは…）

子どものころ　ぼくは別人だった
いまの自分のうちへと
ぼくは成長し　忘れさった
いまや　沈黙と掟は　ぼくのものとなった
ぼくは勝ったのか　失ったのか

参入儀式《イニシエーション》

きみは糸杉の木陰に眠っているわけではない
なぜならこの世に眠りはないのだから
……………………
身体とは　衣服の影にすぎない
それがきみの奥深い存在を隠す

夜がやってくる　死という夜が
そして存在することなく　影が消え失せる
影絵のようになったきみは　夜のうちに立ち去る
自ら望むともなく　自分自身となって

ところが　恐怖の宿で
天使たちにケープを剝ぎ取られ
肩もあらわに　道行きをつづける
身にまとうものもほとんどなく

街道の大天使に
身ぐるみ剝ぎ取られ　裸にされる

もはや服もなければ　何もない
あるのは身体だけ　きみという身体だけ

深い洞窟のなかで　今度は
神々がさらにきみから剝ぎ取る
外部の魂である身体はなくなるが
彼らもまた　きみの同類であることに気づく

……………………

きみの服の影が
運命のうちでわたしたちのもとに留まった
いや　きみは死んではいない　糸杉のあいだで

……………………

新参者よ　死などないのだ

降誕祭

ひとりの神が生まれ　他の神々が死んだ　真理が
到来したのでも　消えたのでもない　「誤謬」が変わっ
　ただけ
わたしたちはまたひとつの「永遠」を手にした
消え去ったものは　訪れたものより　つねによいのだ

「科学」は盲目で　不毛の地を耕す
「信仰」は狂気で　自分の信ずる夢を生きる
新しい神とはただの言葉にすぎない
探しても　信じてもいけない　すべては隠されている

うた

奏でるのは　空気の精《シルフ》　それとも　地の精《グノム》か
心地よいリズムの
軽やかな息と影が
松林をかすめ　通り過ぎる

ひと知れぬ場所にある
街道の七曲りのように　うねり
木立の合間を通るひとのように
高く　また　低く

遠くて　曖昧なので
はっきりと捉えることはできない……
ごくかすかな音なのに　ぼくは涙ぐんでしまう
どうして　涙がでるのだろう

メロディはかぼそすぎて
ほんとうに実在しているのか
ただ　黄昏と　松林と
悲しいぼくが　いるだけなのかわからない

だが　メロディがやみ　そよ風も
嘆き節に合わせた形を忘れてしまう
そしていまは　ただ
松林の音楽だけ

（ああ　ぼくの村の教会の…）

ああ　ぼくの村の教会の鐘よ

静かな夕暮れどきに　嘆くように
鳴りわたる鐘の音が
ぼくの魂のうつろに響く

おまえの鐘の音はなんともゆったりしていて
まるで人生に哀しみを感じているかのようだ
最初に撞かれた鐘の音が
もうすでにエコーのように響く

いつも彷徨う　ぼくが通ると
おまえはいつも近くで鐘の音を響かせるが
ぼくにとっておまえは　夢のようで
魂の遠くのほうで鳴り響く

鐘のひとつひとつが
広い空に振動するが
ぼくは過去をより遠くに感じる
郷愁《サウダージ》をより近くに感じるのだ

（通りで遊ぶ…）

通りで遊ぶ猫よ
まるでベッドのうえにいるかのようだ
おまえの幸運がうらやましい
それは名もない幸運だから

石もひとをも支配する
運命の法則にすなおに従い
おまえの本能は万物に共通のもので
感じるものだけを感じる

だから　おまえはごく自然に幸せだ
おまえというまったくの虚無は　おまえのもの
ところがぼくは　自分を見ながら　自分がなく
自分を知っていながら　自分ではない

（ぼくの感性は…）

ぼくの感性はかくも豊かだから
しばしば自分のことを
感情的《センチメンタル》だと思ってしまう
だが　よくよく自分を観察してみれば
それは思考の問題にすぎないことがわかる
結局　何も感じてはいない

ぼくらはみな　ふたつの生を生きている
ひとつは生きられた生
もうひとつは思考された生
ほんとうの唯一の生は
本物と偽物のあいだに
分かたれた生

しかし　このふたつの生の　どちらが本物で
どちらが偽物なのか　それを説明できる者は
この世には　誰ひとりとしていない
それでぼくらは　自分の生が

思考される生であるかのように
生きることになる

集中爆撃のあと　我々は町を占領した

金髪の子どもが
通りの真ん中に横たわっている
はらわたが飛び出し
手にもった紐のはしに
汽車が見捨てられたようについている

顔は血まみれ
無と化している
路の端には
小さな魚が輝いている
――お風呂であそぶときの魚だ――

街道に宵闇がせまり
遠くでは　まだひとすじの光が
未来の創造を照らしている……
だが　金髪の子どもの未来は？

愛こそ

愛こそが本質的
性の交わりは偶発事にすぎぬ
それは同じであったり
ちがったりするだけ
ひとは動物ではない
ひとは叡知の肉体
ただ　その肉体はときに病んでいる

（かろやかに…）

かろやかに　すばやく　なめらかに
鳥の歌が

空へと昇り
一日がはじまる
耳を澄ます　すると　どこかにいってしまった……
たぶん　ぼくが耳を澄ましたので
鳴きやんだのだ

けっして　けっして　何ものにも
曙光が射しませんように
日の光が輝き　丘を黄金色に染めませんように
ぼくがそれを楽しむまで
無よりも　死よりも長く　鳥の声がつづいたことが
ぼくには
嬉しかった

（ぼくのドアを…）

ぼくのドアを　こんなにも
執拗に叩くひとは
ぼくのうちに感じる魂が
すでに死んでいるのを知ってのことか
夜がおとずれたときから
魂の通夜をしているのを知ってのことか
虚無の通夜をする者のように
空虚で無為な気遣いのうちで

ぼくの耳が聞こえないのを知ってのことか
知っているにせよ　知らずにいるにせよ
なぜ　こんなにも不合理に叩きつづけるのか
世界が終わるときまで

（子どもたちが…）

子どもたちが遊び
彼らの遊び声が聞こえるとき
ぼくの魂のなかで
何かが悦びはじめる

自分が経験したことのない
幼年時代がすっかり戻ってきて
誰のものでもない
悦びの波が押し寄せる

過去のぼくが謎であり
未来のぼくが幻視であっても
少なくともいまのぼくが
心のうちでこの悦びを感じますように

（子どものころ…）

子どものころ
ぼくは知らずに生きていた
想い出をもつためだけに
生きているのだとは

いまになってようやく
かつての自分を感じる

過ぎ去った人生は
ぼくのついた嘘でできている

けれども　唯一の本という
この牢獄のなかに　ぼくは読む
かつてのぼくの
誰のものともつかない笑顔を

（神の不在…）

神の不在　それもまた　ひとつの神

（死とは…）

死とは　道の曲り角
死ぬとは　姿が見えなくなるだけのこと
耳を澄ませば　おまえの足音が聞こえる
ぼくが存在するように　存在している

大地は空からできている
嘘には　住処がない
誰ひとりとして　迷ったものはない
すべてが真理であり　道なのだ

自由

（セネカの引用が欠如）

ああ　何という悦び
義務を果たさないことは
読むべき本があり
何もしないことは
読書はめんどうだ
学問など無
太陽は輝きつづける
文学などなくとも
河は善くも悪くも流れる
原本《オリジナル》など存在しない

風はといえば
ごく自然に朝から吹き
ゆったりとし　急ぐこともない……

本など　インクのついた紙にすぎない
学問など　不確実なもの
無と皆無のあいだを確実にしようとする

濃い霧のなかで　セバスティアン王*を
待つほうがどれほどよいか
王が来ようが来まいが

詩　善行　舞踏　どれも偉大なものだ……
しかし　世界にはもっとよいものがある
子ども　草花　音楽　月光　太陽　ときに
成長の代わりに　乾燥をもたらすのは残念だけれど

ああ　しかし　さらによいものがある
それはイエス・キリスト
経済のことなど　何も知らなかったし

本棚を持っていなかったことは確実だ……

＊ポルトガル王セバスティアンはモロッコの砂漠で戦死したが、遺骸が見つからなかったために、いつか帰還するという神話が生まれた。

（どれほどの魂が…）

どれほどの魂がぼくにはあるのだろう　わからない
一瞬ごとに　ぼくは脱皮していく
いつだって　異邦人なのだ
いちども自分を見たことも　見出したこともない
存在はさまざまだとしても　魂があることは確かで
魂をもつかぎり　平穏ではいられない
見る者は　自分の見ているものになる
感じるものは　自分自身ではないのに
自分が誰なのか　何を見ているのかが気になり
ぼくは自分ではなくなり　彼らになる
ぼくのありとあらゆる夢と欲望が
あたらしく生まれるぼくでないものへと向かっていく
ぼくは　自分自身の風景
自分が通り過ぎてゆくのを見る
さまざまに　うつろい　たったひとりで
いまいるここに　自分を感じることができない

だから　自分のいない場所から　ぼくは
本のページにも似たぼくの存在を読みながら進む
次に何が起こるかは知らず
過去に起こったことは忘れながら
ぼくは読者のために余白に書き込む
自分が感じたと思ったものを
ぼくは読み返して言う「ぼくが　やったのか」と
神のみぞ知る　それを書いたのは神なのだから

どんな音楽でも

どんな音楽でもいい　ああ　どんなものでも

魂から　この不安を
取り去ってくれさえするならば
あらゆる不可能な平穏を要求するこの不安を

どんな音楽でもいい——ポルトガルギターでも
ヴァイオリン　アコーディオン　手回しオルガン……
即興的な歌……
イメージのない夢……

なんでもいい　人生以外ならなんでも
ホタでも　ファドでも
人生の最後のダンスの
大混乱でも……
もうこれ以上　心を感じたくない！

退位

わたしを腕に抱いてくれ　おお　永遠の夜よ
わたしを息子と呼んでくれ

わたしは王だった
自ら望んで　捨て去ったのだ
夢と疲労の玉座を

疲れ切った腕に重すぎる剣を
落ち着いた雄々しい手に託した
錫と王冠は——控えの間にうち捨て
粉々になるにまかせた

無用になった鎖帷子
カタカタと虚しい音を立てる拍車を
冷たい階段に放り出した

身と心から　王であるすべてをはぎとり
太古からの穏やかな夜へと　引き返した
一日を終えようとする風景のように

詩集〈メンサージェン〉(抄)

オデュセウス*

神話とはすべてである無
天をひらく太陽自身
輝く　もの言わぬ神話——
神の　遺骸なのだ
生き生きとして　剝き出しにされた

この港に　辿り着いたそのひとは
けっして存在したことがなかったのに　存在した
存在することもなく　我々を満たした
そのひとは来なかったから　来た
そして我々を造った

このように　伝説は流布し
現実のなかに入り込む
通り過ぎながら　多くのことを産み出す
下のほうでは　生が　つまり
虚無の半分が　死にかけている

*リスボンはオデュセウスによって建てられたという伝説がある。

ポルトガル王　ドン・セバスティアン

狂っていた　確かに　狂っていた　おれは
〈運命〉の許さぬ偉大さを望んだ
確信なら　溢れ出すほどあった
だから　あの広大な砂漠に残っているのは
おれだったかもしれぬが　真のおれではない

わが狂気を　他の者どもよ
付随する物もろとも　継承せよ
狂気がなければ　ひとなど
壮健な動物にすぎぬではないか
子孫を残すだけの生ける屍ではないか

王子

神が欲し　ひとが夢見　偉業が生まれる
大地がひとつであることを　神は望んだ
海が隔てるのではなく　つなぐものであることを
あなたが選ばれ　水泡の秘密を暴くために　旅立った

島から大陸へと　輝きながら
白い岸辺が　世界の果てまで駈けた
そして　突然　大地全体が
深い青色から姿を現すのが見えた

あなたがポルトガル人に生まれたのは　神の御意志
海と私たちを　あなたのうちに徴《しるし》としたのだ
大洋は果たされ　帝国は解体される
主よ　ポルトガルもまた果たされねばならぬ

水平線

我らよりも古い海よ　おまえの畏れのうちには
珊瑚と　浜辺と　森がある
夜と霧が暴かれ
大嵐が過ぎ去り　神秘が
花のうちに〈遠方〉をひらき　南の恒星が
参入儀式の聖堂の上に輝く

遠くの岸辺の厳しい線——
船が近づくと　斜面は屹立し
〈遠方〉ではまるで見えなかった木々となり
より近くなると　大地が　音と色をともなって開く
そして上陸するときには　鳥たちや　花々が
遠くからは抽象的な線にすぎなかったものを満たす

夢　それは目には見えない形象を見ること
はっきりとしない距離から
希望と意志のかすかな動きによって
水平線の冷たい線のうえに探すこと

樹や　浜辺や　花や　鳥や　泉を――
それは〈真理〉が与える正当な祝福の口づけ

化け物

海のはてにいる化け物が
漆黒の闇から　突如　現れ
帆船のまわりを三たび　飛びめぐった
つんざくような叫びを発しながら　三たび飛びめぐった
そして言った「明かされることのないわしの洞窟
世界のはてのわしの黒天井に
侵入しようとするのは誰だ」
舵手は震えながら答えた
「国王　ジョアン二世陛下だ」

「わしに触れる帆は誰のものか
わしが目にし　耳にする龍骨は誰のものか」
そう言って　化け物は三たび飛びめぐった
不浄で巨大な化け物は三たび飛びめぐった

「なんぴとも　かつて見たことのないところに棲み
底なしの海の恐怖を撒き散らすこのわしだけが
もつ力を発揮しようとするものは誰だ」
舵手は震えながら答えた
「国王　ジョアン二世陛下だ」

男は三たび舵から手を離し
三たび舵をにぎりなおした
そうして三たび震えてから言った
「この舵をにぎるのは　おれひとりではない
おまえのものである海を望む国民全体なのだ
おれの魂を戦かせ　世界のはての暗闇に飛ぶ
化け物よりもさらに強いものが命じ
おれを舵につなぎ止めている
国王　ジョアン二世陛下の御意志だ」

ポルトガルの海

ああ　塩からい海よ　おまえの汐のどれほどが

ポルトガルの泪であることだろう
おまえを航海したがために　どれほどの母たちが涙し
どれほどの子がむなしく天に祈ったことか
どれほどの許嫁が嫁がずにおわったことか
おまえを我らのものにするために　ああ　海よ

そんな価値があったのだろうか
魂が卑小でさえなければ　どんなものにも価値はある
ボジャドール岬を越えようとする者は
苦しみをも乗り越えて行かねばならぬ
神は海に危険と深淵を与えたもうた
だが　その海には　空もまた映える

第五帝国

家に留まるものは哀し
我が家の炉端に満足し
夢が　翼を羽ばたかせ
去るべき炉の熾よりも赤々と
燃えさからせることもなし！

幸せなものは哀し！
生きているとはいえ　惰性にすぎぬ
魂が叫ぶのは
根源《ルーツ》の教えばかり――
自らの墓のうちで生きるのだと

何世紀にもわたる時間のうちで
次から次へと世紀は引き継がれるが
満足しないのが　人間だ
魂の啓示によって　盲目の力が
支配されますように

こうして　四つの時代が過ぎた
夢見られた存在の四つの時代が
大地は劇場となるだろう
ひとっ子ひとりいない真夜中に
忽然と日が昇る劇場に

ギリシャ　ローマ　キリスト教
ヨーロッパ――四つの帝国は去った
あらゆる時代が逝くところへ
真理を生きるために到来する者は誰か
セバスティアン王の死という真理を

隠れた王

どんな多産なシンボルが
苦悩にみちた夜明けに訪れるのか
〈世界〉の〈死んだ〉十字架のうちに
〈薔薇〉である生

どんな神々しいシンボルが
すでに見られた日をもたらすのか
〈運命〉である十字架のうちに
キリストである〈薔薇〉

どんな最終的なシンボルが
すでに目覚めた太陽を示すのか
死んだ宿命の十字架のうちに
隠れた〈王〉の〈薔薇〉

嵐

波立つ海の深淵に永眠するのは誰か
我ら　ポルトガル　可能存在だ
深底のどんな不安が我々を立ち上がらせるのか
意志する可能性の欲望だ

そしてまた　夜の吉兆の神秘だ……
しかし　突然　風が立つ場所で
神の灯台　稲妻が煌めき
暗い海は唸り声をあげる

（以上、澤田直訳）

あわれ　麦刈る女は

あわれ　麦刈る女はひとりうたう
おそらく　自分をしあわせな女と考えて
麦刈りながら女がうたえば　その声は
寡婦の陽気で単色の孤独に充ちる

玄関の敷石のごとく清らかな大気のなかを
その声は鳥のうたにもにて高く低く流れ
女がうたって織りあげる
甘美な旋律は曲線を描く

女のうたうのを聞けば　心は悦びまた悲しむ
その声には畑があり労働がある
だが女はうたう　さながらうたわなくてはいられぬごとく
現実にそむいて

ああ　うたえ　うたえ　ただうたえ
ぼくのなかの感覚するものがいま思考する
ぼくの心に注ぎこめ
たよりなげに高く低く流れるおまえの声を

ああ　ぼくであるまま　おまえになることができたなら
陽気でなにものも意識しないおまえの心をわがものとし
そうした自分を意識できたなら
空よ　野よ　うたよ

知識はあまりに重く　人生はあまりに短い
ぼくのなかへ這入れ　おまえたち
ぼくの魂をかえよ　おまえたちの軽やかな影に
そして連れて去れ　このぼくを

母さんのぼく

あたたかい微風の吹く平原に
もはや人影はなく
銃弾に射抜かれて
――二発が貫通したのだ――

ひとり屍《しかばね》となって横たわり　冷たくなる
血は制服に縞模様をつくり
両腕は力なくのびる
顔は白くもはや血の気はなく　髪は栗色
輝きの消えたなにも見えぬ眼で
失われた空を凝《じ》っと見つめる

あんなに若くて　なんという若さ
（いまなん歳だろう）
母親は一人息子のこの若者を
「母さんのぼく」と呼び
いつもそう言っていた

ポケットからは転げおちていた
使いはじめて間もないシガレットケースが
母からもらったものだ　疵《きず》はどこにもなく
新品とかわらぬケース
だがもう若者は生きていない

べつのポケットからは
縁どりした純白のハンカチが垂れ
その端は地面にかるく触れていた……
かつて若者を胸に抱いた
老いた女中からの贈物だ

はるかに遠い家では祈る
「はやく帰って来ておくれ　元気で」
（王国の織りあげるなんという網の目よ）
屍となって横たわり　腐ってゆく
いま母さんのぼくは

足場

人生のなんと多くの年月を
夢みながら過ごしてきたことか
わが過去のなんと多くが
思い描いた未来を
裏切る日びにすぎなかったことか

心静かにいかなる理由もなく
この川の辺《ほとり》にぼくは立つ
空ろな川の流れは
冷たく無表情に描く
虚しく生きたわが日びを

なんと望みの果し得ることのすくないことか
願う甲斐のあるどんな願いがあろう
幼い子の投げるボールは
わが望みより高く飛び
わが願いより遠く転がる

お前は　川波よ　あまりに小さく
川波ですらなく
時間は　日は　年は　すばやく
過ぎ去る——緑の草木　白い雪は
おなじ陽光《ひかり》を浴びて息絶える

持たざるものを虚しく使いはたし
いまのぼくは年齢《とし》より老け
ぼくを支えていた幻想は
舞台でしか王者でなく
衣裳を脱いだとき王国は消えた

去って行った岸辺を慕う
緩やかな水のかすかな音
漠とした希望の
なんと物憂い憶い出よ
夢みることと生きることのなんという夢よ

ぼくはなにであったのか　自分を見出したとき
ぼくはすでに失われていた
ぼくは苛立ってぼくの許を去った
否定されたことになお固執する
狂人の許を去るごとく

宿命《さだめ》にしたがって流れる
静かな水の　あるかなきかの音よ
運び去れ　憶い出だけでなく

いまは死んだ希望もまた——
希望はかならず死ぬものだ

ぼくはすでに未来の亡骸《なきがら》
ぼくをぼくに繋ぎとめるのはただ夢のみ——
ぼくがなるべきであったものの
すでに遅く暗い夢——
人影のないぼくの庭の塀

流れ去った川波よ　ぼくを運んで行け
海の忘却へと
ぼくを繋ぎとめよ　未来のぼくのならないであろうもの
に
まだ建ててない家の周囲は
すでに足場で囲ったから

狂人

そして苦悩と格子窓のなかから
星空にむかって語りかける
おそらくわたしのような夢をみながら……
おそらく　神よ　真実のことばで

狭い独房の格子窓は
狂人を天と地から隔てる……
狂人は格子窓に人間の手をかけ
人間ならざる声で叫ぶ……

わたしは痛ましい思いで

わたしは痛ましい思いで星々を眺める、
はるか遠い昔から輝いて。
はるか遠い昔から……
わたしは痛ましい思いで眺める。

事物は
それがどのようなものであれ
疲れることがないのか、

脚や腕が疲れるように。

存在することの疲れ
在ることの疲れ
ただ在ることの疲れ
淋しい存在は輝くか　それとも微笑んで……

存在する事物にとって
在るのは
死ではなく　そう
別種の終末ではないのか
さもなくば大いなる理由――
なにか赦しにも似た
なにものかではないのか。

（以上、池上岑夫訳）

（池上岑夫編訳『ポルトガルの海――フェルナンド・ペソア詩選』一九八五年彩流社刊。増補版、一九九七年刊）

アルベルト・カエイロ詩篇

詩集〈群れの番人〉（抄）

一

羊を飼ったことはない
なのに　わたしはほとんど羊飼いのよう
わたしの魂は　羊飼いに似て
風や太陽をよく知っている
季節と手に手をとって
道を進み　事物をみつめる
人間のいない自然の完全な平和が
わたしの隣りに腰をおろしにやってくる
それでも　わたしは悲しくなる　日暮れどき
想像力で悲しくなるように
寒さが平原の底から立ちのぼり
窓から蝶が入るように
夜が忍び寄るのを感じるとき

だが　わたしの悲しみは穏やかだ
それはごく自然でただしいものだから
魂が存在することを考えるとき
そうと気づかずに　手が花を摘むときに
我らの魂のうちにあるべきものだから

道を曲がった向こうの
鐘の音にも似て
わたしの考えは満足している
ただ　満足しているのを知っているのは残念だ
それを知らなければ
満足していることを悲しむこともなく
心地よく満足しているだろうから

考えることは　不快だ　強風で
勢いをます雨のなかを歩くときのように

わたしには野心も欲望もない
詩人であることは　わたしの野心ではない
わたしなりのひとりでいるしかたにすぎない

ときにわたしは　自分が
子羊だと想像することがある
（あるいは　群れ全体
斜面いっぱいに散らばって
一度に千の幸福なものになるために）
夕暮れどきに自分が書いたものを感じてみたいから
あるいは　光を雲の手が遮ったときや
沈黙が草の表面を走るときに書いたものを

詩を書くために腰をおろすとき
あるいは小道や通りを散歩しながら
想像上の紙に詩を書くとき
わたしは羊飼いの杖をもっているような気がする
そして　わたしは自分のシルエットを
丘のうえに見る
羊の群れへと視線を走らせ　わたしの思考を見る
あるいは　わたしの思考へと視線を走らせ　群れを見る
そんなとき　わたしはぼんやりと笑っている
わからないのにわかったふりをする者のように

わたしは読んでくれそうなひとみんなに挨拶する
大ぶりの帽子を鷹揚にとって
彼らがわたしの姿を扉の入口に見つけるとき
丘の頂上を乗合馬車が通るやいなや
彼らに挨拶し　彼らに太陽あれと祈念する
雨の必要なときは雨あれと
彼らの家の
開いた窓の傍らで
わたしの詩を読むための
お気に入りの椅子がありますようにと
そして彼らがわたしの詩を読みながら
わたしのことを自然の事物だと考えますようにと――
そう　たとえば　古い樹のように
その木陰で子どもたちが
遊び疲れると一休みし
額の汗を彼らの
縞模様の上着で拭う　古い樹のように

二

わたしの眼差しは向日葵《ひまわり》のように透徹して輝く
道を歩くとき　わたしには
右を見たり　左を見たりするくせがある
ときどき　後ろを眺めたりもする……
一瞬ごとに　見えるものは
これまで一度も見たことがないもの
ほんとうにそう実感するのだ……
わたしは真の驚きを感じる
それは子どもが生まれる瞬間に感じる驚きだ
もし自分の生まれたことがわかるとしたなら……
わたしは毎瞬　生まれるのを感じる
世界の永遠の新しさに向かって……

わたしはキンセンカを信じるように　世界を信じる
それが見えるから　しかし世界について考えはしない
考えることは理解しないことだから……
世界は考えられるようにはできていない
(考えることは　目の病いだ)

ただそれを眺め　一体であればよい

わたしに哲学はない　あるのは感覚……
自然について語るとしても　知っているからではなく
自然を愛するから　こんなふうに愛しているからだ
愛する者が知っていたためしはない　愛しているものの
　ことを
なぜ愛するのかも　愛が何なのかも……

愛とは永遠の無垢　つまり知らないでいること
唯一の無垢　それは考えないこと……

五

何も考えないことは　かなり形而上学的なことだ

わたしが世界について考えることだって
わたしが世界について考えていることとは何だろう
病気になったら　そのことを考えるだろう

事物についてどんな観念をわたしはもっているか
原因と結果について　どんな見解をもっているか
神と魂について　そして世界の創造について
どのような省察をおこなったか
わからない　わたしにとって　そんなことを考えること
　は目をつぶること
つまり　考えないことだ　それはわたしの窓の
カーテンを閉じることだ（だが、わたしの窓にカーテン
　はない）

事物の神秘だって？　神秘とは何だろう
唯一の神秘は　神秘について考えるひとたちがいること
　だ

目をつぶって日だまりにじっとしていると
太陽が何かなんてわからなくなり
暑さのなかでたくさんのことを考えはじめる
しかしひとたび目をあけ　太陽が見えれば
もはや何も考えることはできなくなる
陽の光のほうがどんな哲学者にも
どんな詩人の思考にも　勝るからだ
陽の光は　自分が何をしているかは知らない

だから誤ることなく　万人に等しく善なのだ

形而上学だって？　これらの木の形而上学とは何だろう
緑に茂り　枝を伸ばし
時がくれば　果実を実らせるという形而上学
でも　そんなことのためにひとは考えたりしない　木々
　に注意を払いさえしないのだ
だが　このような形而上学に勝るものがあるだろうか
なぜ生きているのかを知らず
知らないことも知らないことに勝る形而上学が

「物事の隠れたしくみ」……
「宇宙の隠れた意味」……
そんなもの　すべて嘘で　何の意味もない
こんなことを考えられるなんてことが信じられない
それはまるで　曙光が差し　木々の輪郭に
暗闇が少しずつほぐれ　ほのかに金色に輝くときに
その理由や目的を考えるようなもの

事物の隠れた意味を考えることは
無駄なこと　健康のことを考えたり
コップをもって泉に行くようなもの

森羅万象の唯一の隠された意味は
いかなる隠れた意味もないということ

わたしは神を信じない　神を見たことがないから
もしわたしが信じるのを望むならば
神は話しかけてくるにちがいない
わたしの家の扉から入ってきて
「わたしはここにいる」と言うにちがいない

（こんな話はばかばかしく聞こえるかもしれない
ものを見ることを知らず
ものについて見て学んだ言葉で語っても
理解できない連中の耳には）

だが　神が花であり　木々であり
山　太陽　月の光であるのなら
わたしも神を信じよう

つねに　信じよう
そして　わたしの生がそっくりそのまま祈りとミサに
目と耳による聖体拝領になるだろう

だが神が花であり　木々であり
山　太陽　月の光であるのなら
どうして　それを神と呼ぶ必要があるだろう
花　木々　山　太陽　月の光と呼べばよいではないか
なぜなら　わたしに見えるために神が
太陽や月の光や　花や　木々や　山になるのだとしたら
木々や山や　月光や　太陽や
花といった相のもとでわたしに現れるのだとしたら
木々や山や花や月の光や太陽として知られることを
神が望んでいるからではないか

だからこそ　わたしは神に従う
(神が自身について知っていること以外に　わたしが何
　を知っているだろうか)
自然に生きながら　わたしは彼に従う
目を開き　見る者のように

そして　彼のことを　月の光　太陽　花　木々　山　と
　呼ぶ
神のことを考えずに　愛する
見たり　聞いたりすることで　考える
つねに　ともに　歩むのだ

六

神について考えることは、神に叛くこと
我々が神を知らないことを神は望んだのだから
神はわたしたちに姿を見せなかった……

単純で　おだやかでいよう
小川や　木々のように
そうすれば　神はわたしたちを愛し　美しくしてくれる
木々や小川のように
そして　春には緑を与えてくれるだろう
そして　死後には　赴く川を与えてくれるだろう……

七

わたしの村から　地上に見られる森羅万象が見える

だから　わたしの村はどこにも負けぬほど広大だ
わたしとは　この身の丈の大きさではなく
見えるものの大きさなのだから

都会での人生は　この丘の中腹に立つ
わたしの家でよりずっと小さい
都会では大きな家が視界に鍵をかけて閉じこめて
地平線を隠し　視線を大空のさらに向こうへ押しやって
　しまう
わたしたちは小さくなる　視線が奪われてしまうから
わたしたちは貧しくなる　見ることだけが豊かさだから

九

わたしは羊飼い
わたしの飼っている羊の群れとはわたしの思考たち
わたしの思考とは　すべて感覚したもの
わたしは考える　目と耳で
手と足で
鼻と口で

花のことを考えるとは　それを見て　香りを嗅ぐこと
果実を食べるとは　その意味を知ること

だからある暑い日に
心地よすぎて　悲しくなってしまい
草の上に寝ころんで
火照った両目を閉じると
身体がすっかり現実のなかに横たわっているのを感じる
わたしは真理を知っているので　幸せになる

十

「こんにちは　羊飼いさん
あっちの　道辺を通る風は
あんたにどんなことを言うんだい」

「自分は風だ　通ってる
前にも通ったし
これからも通るよ　と言うよ
あんたにはなんて言うかね」

「他にもいろんなことを言うね
もっと別のことをたくさん言うよ
思い出や昔懐かしいこと
いまだかつて起こったためしのないことも」
「あんた　風が通ったのを聞いたことがないな
風は風のこと以外には話さないよ
あんたが聞いたのは嘘さ
その嘘はあんたのなかにあるんだよ」

十一

あの婦人はピアノをもっている
ピアノは心地よいが　川の流れとはちがうし
木々が発する囁きともちがう……
何のためにピアノをもつ必要があるのだろう
耳をもっていることのほうがずっといい
自然を愛するほうがずっといい

十二

ウェルギリウスの羊飼いは葦笛などを奏で
文学的に愛について歌った
（ただ　わたしはウェルギリウスなど読んだことがない
どうして　そんなものを読む必要があるだろう）
だが　ウェルギリウスの哀れな羊飼いたちはウェルギリウス
そして　自然は美しく古いもの

十三

軽い　軽い　ごく軽い
ごく軽い風が通り
ごく軽いまま　通り過ぎる
わたしは自分が何を考えているのか知らないし
知ろうとすらしない

十四

わたしは韻など気にかけない　隣りあった

二本の樹が同じなことなどめったにない
わたしは考え　書く　花に色があるように
でも　わたしの表現は花ほど完璧ではない
神的な単純さが欠けているからだ
外部がすべてであるという単純さが

わたしはものを見て　心を動かされる
水が低いほうに流れるように　心を動かされる
それで　わたしの詩は　風が立つように　自然なのだ……

二十

テージョ河は　わたしの村を流れる川よりも美しい
でも　テージョ河は　わたしの村を流れる川よりも美しくない
テージョ河は　わたしの村を流れる川ではないから

テージョ河には大きな船が通る
ないものを見ることができる者にとっては
テージョ河にはさらに
大きな船隊の記憶も航行する

テージョ河はスペインから流れ来たり
ポルトガルの海に注ぐ
誰もがそれを知っている
でもわたしの村を流れる川が
どこへ行き
どこから来るのか　知るものはわずか
より少数のひとのものだから
わたしの村の川のほうがずっと自由で偉大だ

テージョ河を通ってひとは世界へと向かう
テージョ河の彼方にはアメリカがある
運がよければ　財宝がある
わたしの村の川の彼方に
何があるのかなどと誰も考えたことはない

わたしの村の川は何も考えさせない
川岸にたたずむ者は　ただそこにたたずむだけのこと

二十一

地球をまるごと嚙って
味わってみることができたなら
一瞬　もっと幸せになるだろう……
でも　わたしはいつも幸せでいたいわけではない
自然でいるためには
ときに不幸であることも必要だ……
毎日　太陽が照るわけではない
それに　必要なときは　雨乞いだってするではないか
だからわたしは　不幸も幸福といっしょにつかむ
当然のことだ　山と平野があり
草と岩があることが
不思議ではないのと同じこと……

大切なことは　自然で穏やかでいること
幸福のときも　不幸のときも
見るように　感じ
歩くように　考えること
そして死が迫ったら　一日にも終わりがあることを思い出すこと
落日が美しく　訪れる夜が美しいことを……
かくあり　かくありますように……

二十四

事物のうちに我々が見てとるもの　それが事物
見えているこれが　ほんとうは別物だなんてことがあろうか
見ることは見ること　聞くことは聞くことなのだから
見まちがったり　聞きまちがったりするわけはなかろう

本質的なことは　見ることを学ぶこと
考えずに見ることを
見るときには見る　ということを学ぶこと
見ているときに考えたり
考えているときに見たりしてはいけない

しかしそれには（悲しいかな　我らが魂は衣をまとっているから）
深い研鑽が必要だ

学びを忘れることを学ぶことが
詩人たちのかの僧院から自由へと幽閉されることが
詩人たちは言ったものだ　星々は永遠の尼僧たちだと
花々はわずか一日を生きる篤信の悔悛者だと
しかし　結局のところ　星は星でしかなく
花は花でしかない
だからこそ　我々は星や花と呼ぶのではないか

二十五

この子が楽しげに
作っているシャボン玉
その透明さは哲学そのもの……
自然のように　清澄で　無用で　儚い
事物のように眼を楽しませる
シャボン玉はシャボン玉で
丸く　軽く　その正確さにしたがっている
誰ひとりとして　この子でさえ
シャボン玉が見えているもの以上だなどと言いはしない
透明な空気のうちで　ほとんど目に見えないものもある

通り過ぎ　花に軽く触れる微風のようだ
風が通り過ぎるのに気づくのはただ
わたしたちの何かが少し軽くなった気がするから
そして　すべての輪郭がよりはっきりとするから

二十六

くっきりした完璧な陽の光がふりそそぎ
事物が能うかぎりの現実性を帯びるとき
わたしは静かに自問することがある
いったいいかなる理由によって
わたしは事物に美があるとみなすのか　と

花に　たとえば　美があるだろうか
果実に　たとえば　美があるだろうか
否　それらにあるのは　色と形
そして実在だけだ
美とは　じっさいには存在しないものの呼称にすぎぬ
物から受ける快楽の代償にわたしが美を与えるのだ
美には何の意味もない
では　なぜ　わたしは事物が美しいと言うのだろう

そう　ただ生きているだけのわたしでさえ
わたしでさえ　事物を前にした
人間たちの嘘に冒されている
事物はただ存在しているだけなのに

自らであり　見えるものだけを見るということはなんと
　むずかしいことか！

二十九

話すとき書くとき　いつもわたしは同じなわけではない
わたしは変化する　もちろん途方もなくではないけれど
日の光の加減で　花の色は変化する
雲が出たり
夜になったりするとき
花は影の色になる

しかし　よく視る者には　同じ花であることが見える
だから自分と一致してないように見えるときは
注意して　わたしを眺めてほしいのだ

さっきは右を見ていたのが
くるっと回転して左を向いた
でもいつも同じわたしで　同じ脚で立っている——
いつも同じなのは　空と大地のおかげ
そして注意深いわたしの眼と耳のおかげ
そして　わたしの魂の明らかな単純さのおかげ……

三十

お望みならば　神秘主義ということにいたしましょう
わたしは神秘主義　だがそれは身体だけのこと
魂は単純で　考えることはない

わたしの神秘主義は　知ることを求めないこと
それを考えずに生きること

自然が何であるかは知らない　ただそれを歌うだけ
わたしは丘の頂上の
白い一軒屋に住んでいる
それがわたしの定義です

三十二

昨日の夕暮れどき　都会から来た男が
ホテルの入り口で話していた
彼はわたしにも話しかけていた

正義や　正義を勝ち取るための闘争について
苦しんでいる労働者たちについて
終わりなき労働と　飢えた者たちについて
そんなことを気にもとめない金持ちたちについて

わたしの目に涙が溢れるのを見ると
満足げに微笑んだ　わたしが　彼と同じ嫌悪と
彼が感じていると言っていたのと同じ同情を
感じていると思ったのだろう

（だが　彼の話などほとんど聞いていなかった
わたしは人間などに興味はない
彼らの苦しみとか　苦しみだと思っていることなどには
みんなもわたしのようにすればいい　苦しむのをやめれ
ばいい
世界の悪は　おたがいに気にすること
良かれとか悪しかれと思ったりすることに由来する
自分の魂と　天と　地　これで十分ではないか
それ以上を望むから　それさえ失い　不幸になる）

博愛主義者が話しているあいだ
わたしが考えていたのは
（それでわたしは涙するほど感動した）
今宵は
遠くに聞こえる牛の鈴の音が
花や小川や　わたしのような単純な魂がミサに行く
あの小さな礼拝堂の鐘の音には聞こえないことだった

（有り難いことに　わたしは善人ではない
わたしは自然な利己主義者　花のように
気ままに流れる川のように
花や川は意識することなく
咲くことや　流れることに専念する
世界の唯一の使命とはそういったものだ

つまり――はっきりと　存在すること
そして　考えることなく　そうできること）

男は話をやめ　夕陽を眺めた
だが　憎んだり愛したりする男に　夕陽がわかるものか

三十九

事物の神秘　それはどこにあるのか
姿を現さないのだから　どこにあるというのだ
姿を現したら　神秘だろうか
川は何を知り　木は何を知っているか
それらとちがわぬわたしが　何を知っていようか
事物を見て　ひとが考えることを考えるたびに
わたしは小石のうえをはぜる早瀬のように笑ってしまう

事物の唯一の隠れた意味は
隠れた意味などまったくないということ
どんな奇妙なことよりも　奇妙なことは
どんな詩人たちの夢よりも
どんな哲学者たちの思考よりも　奇妙なことは

事物とは見えるとおりのものであって
理解すべきことなど何もないということ

そう　それこそ感覚だけがわたしに教えてくれたこと
事物に意味などない　あるのは存在だけ
事物　それが事物の唯一の隠れた意味

四十二

馬車が街道を通り過ぎ　消え去っていった
だからといって　街道は美しくも醜くもならなかった
世界に対する人間の行為もまた同じ
減少も追加もない　あるのは通過と忘却
そして太陽は毎日時刻どおりに昇る

四十三

ただ往き去り　痕跡を残さぬ鳥の飛翔のほうが好ましい
大地に存在の跡を残す動物の通ったあとよりも
鳥は往き去り　忘れられる　それがよい
動物はもはやそこにいないのに　無用の場所に
存在の痕跡を残す　まったく無用なのに

想い出など　自然に対する裏切り
昨日の自然はもはや自然ではない
かつてあったものなど無　想起とは見ぬこと

往け　鳥よ　往け　わたしに往き去ることを教えてくれ

四十四

深夜　とつぜん　わたしは目覚める
時計が夜全体を浸す
外の自然は感じられない
部屋はぼんやりとした白い壁に囲まれた暗黒の物体だ
外には　何も存在しないかのような静寂
時計だけが　チクタク時を刻んでいる
そして　このテーブルのうえのちいさな歯車の物体が
天と地のあらゆる存在を窒息させる……
わたしは危うくその意味を探そうとして
思い止まる　暗闇のなかで口の端に微笑みがこぼれる
わたしの時計が　その小ささで　広大な夜を埋めるとき
それが象徴あるいは意味する唯一のことは
その小ささで広大な夜を埋めているという
奇妙な感覚だけではないか……

四十七

とてつもなく明るいある日
ああよく働いたな　もう何も
しなくていいか　などと思うそんなある日
木々のあいだを貫く道のように　わたしは
「大いなる秘密」とでもいうべきものをかいま見た
偽詩人たちが語る　あの「大いなる神秘」だ

わかったのだ　自然など存在しないということが
自然など実在しない
丘や　谷や　平野はある
木々や　花々や　草はある
小川や　石はある
しかしそれらが属する一なる全などない
実在し真である総体など
わたしたちの観念の病

自然とは一なる全をもたぬ部分
おそらく　これこそが人びとの言う神秘

これこそが　わたしが立ち止まることなく　考えながら
真理にちがいないと思いあたったもの
誰もが懸命に探しながら　発見できずにいる真理
探し求めなかったわたしだけが　それを見出したのだ

四十八

我が家の一番高い窓から
白いハンケチをふって　わたしは別れを告げる
人類のほうへと去ってゆくわたしの詩篇たちに

陽気でもなければ　哀しくもない
これが詩というものの運命
書き上げたらみんなに見せなければならない
そうしないわけにはいかない
花が自分の色を隠せないのと
川が流れを隠せないのと
果樹が実を隠せないのと同じ

ほらもう　馬車とともにあんな遠くまで行ってしまった
わたしは　心ならずも　痛みを感じてしまう
体の苦痛に似た痛みを

いったい誰が読むのだろう
どんなひとの手に落ちるのだろう

花　眼の楽しみのために摘まれるのがわが運命《さだめ》
樹　口の楽しみのために果実は摘み取られ
川　わが水の運命《さだめ》はとどまることではなかった
わたしは気をとりなおし　ほとんど陽気になる
悲しみに飽きたものが　ほとんど陽気になるように

往け　往け　わたしから遠く離れて
樹は往くが　自然のいたるところに散らばりとどまる
花は色褪せるが　粉となっても永遠につづく
川は流れ　海に入るが　その水は永遠にかつての水だ
わたしもまた往き　とどまる　森羅万象と同じように

四十九

部屋に入り　窓を閉める
ランプがもってこられ「おやすみなさい」と挨拶され
わたしも満足した声で「おやすみなさい」と返す
わたしの生がいつもこうでありますように
太陽の燦々と照る日も　雨でしっとりする日も
まるでこの世の終わりのような大嵐の日でも
穏やかな夕べが訪れると
外を眺めるわたしの窓の下を人びとが通り過ぎ
親しげな眼差しが深い平穏に憩う木々に注がれる
それから　窓が閉められ　ランプがともされ
何も読まず　何も考えず　眠りもしない
自分のうちに　川床を流れる川のように人生が流れるの
　を感じる
外には　大いなる沈黙がある　まるで眠れる神のように

（わたしが死んで…）

わたしが死んでから　伝記を書くひとがいても
これほど簡単なことはない
ふたつの日付があるだけ――生まれた日と死んだ日
ふたつに挟まれた日々や出来事はすべてわたしのものだ

わたしを定義することはたやすい
わたしは見た　とり憑かれたように
事物を愛した　感傷など微塵もなく
果たせなかった望みはない　盲《めしい》にならなかったのだから
聴くことさえ　見ることの附録でしかなかった
事物が実在し　それぞれ異なることをわたしは理解した
それを目で理解したのであって　思考によってではない
思考で理解するとは　事物をすべて同じと見なすこと

ある日　わたしは子どものようにねむたくなった
わたしは目を閉じてねむった
それだけのことだ　わたしは唯一の自然詩人であった

（わたしが夭折し…）

わたしが夭折し
一冊の本を残すこともなく
活字になった自分の詩を見ることもなく
そのために　人びとに哀れまれたとしたら
哀しむには及ばない　とわたしは言うだろう
それはそれで　いっこうにかまわない

わたしの詩が一度も印刷されなくても
詩が美しければ　その美しさにかわりはない
しかし　美しいのに　印刷されないということはない
植物の根は大地の下に隠れていても
花は地上で　人目にさらされて咲くから
どうあっても　そうなのだ　そうでないことはできない

わたしが若くして死んだら　これだけはわかってほしい
わたしは　ただ遊んでいる子どもだった
太陽や水と同じ異教徒だった
この普遍宗教を知らないのは　人間だけだ

わたしは幸福だった　何も望まず
何も発見しようとしなかったから
何ものうちにも説明など探さなかったから
説明なんて言葉に　意味などない

太陽や雨の下にいることだけが望みだった——
日が照るときは　太陽の下
雨が降るときは　雨の下
（それ以外はない）
暑さ　寒さ　風を感じ
それ以上のことは　しないこと

愛したこともあるし　愛されると信じたこともある
だが　愛されることはなかった
わたしが愛されなかった唯一の理由——
それは　そうあるべきではなかったから

わたしは　太陽や雨の下に戻って　自分を慰めた
ふたたび　自分の家の扉の前に座った
結局のところ　愛される者にとっては

愛されない者にとってほど　草原の緑は濃くはない
感じるとは　放心力にほかならない

（事物の驚くべき…）

事物の驚くべき実在性
それが日々のわたしの発見
あらゆるものがそれ自身である
この事実がどれほどわたしを喜ばせるか
そしてそれだけで十分なのか　説明するのはむずかしい

完璧であるためには　存在するだけでよい

わたしはかなりの数の詩を書いてきた
まだまだ　書くだろう　もちろん
わたしの詩が言っていることはどれも　そのことだ
もちろん　わたしのどの詩も他とは異なる
どの事物も　それぞれの仕方で語るから

わたしは　石をじっと眺めることがある
石に感覚があるだろうかなどと自問しているのではない
石に　わが妹よ　と呼びかけるような　世迷い言は言わない
そうではなくて　石が石であることが好きなのだ
石が何も感じないから好きなのだ
石とわたしがまるで関係がないから　好きなのだ

風が吹く音に耳を澄ませることもある
風が吹く音を聞くだけでも　生まれた甲斐はあったと思う

これを読んだひとがどう思うかはわからない
でも　わたしにとってはこれでいい　他人のことなど気にせずに
ごく自然に考えたことだから
思考の助けなしに　考えたことだから
わたしの自身の言葉が言うように　語っているのだから

唯物論詩人と言われたことがある

わたしは驚いた　このわたしをなんらかの名称で
呼ぶことができるなどと考えたことがなかったから
わたしは詩人ですらない　ただわたしは見る
もし書いたものに価値があるとすれば　それはわたしの
　価値ではない
価値はそこ　詩のなかにある
これらはすべて　わたしの意志から独立してある

（以上、澤田直訳）

リカルド・レイス詩篇

（ぼくらのなかには…）

ぼくらのなかには　無数のものが生きている
自分が思い　感じるとき　ぼくにはわからない
感じ　思っているのが誰なのか
自分とは　感覚や思念の
劇場にすぎない

ひとつではなく　いくつもの魂をぼくはもっている
ぼくではない　たくさんの自分がいる
けれども　彼らとは無関係に
ぼくは存在する
彼らを黙らせ　ぼくが語る

ぼくが感じたり　感じなかったりする
諸々の衝動が交差し
ぼくのなかで　対立しあう
ぼくは無視する　自分の存在を知る者に

そんな衝動が告げるものなどない　書くのはぼくだ

（ぼくらの秋が…）

ぼくらの秋が　リディアよ
冬をひそませてやってきたら
思いを馳せてみよう　やがてくる春のことではない
春は他のひとたちのもの
夏のことでもない　そのころ　ぼくらは死んでいる
過ぎ去るものが　残す痕跡へと思いを馳せてみよう
いま　葉のそれぞれが生き
それぞれを異なる葉としている　この黄色へと

（リディア　ぼくらは…）

リディア　ぼくらは知らない　ぼくらは異邦人だ
たとえ　どこに住もうとも

リディア　ぼくらは知らない　ぼくらは異邦人だ
たとえ　どこで死のうとも　すべては他人のもので
ぼくらの言葉を話しさえしない
隠遁しよう
自分たちのなかに隠れ住もう
世界の喧噪を逃れて
愛が望むことは　他人のものとならないこと
秘儀のなかで発せられる謎の言葉のごとく
愛を　聖なるものとしよう　ぼくらのものとして

（ぼくらを縛り…）

ぼくらを縛り　自由を奪うのは
ぼくらを憎み羨む者だけではない　愛する者も
またぼくらを縛る
神々よ　許してほしい　ぼくが
あらゆる感情を捨て　何もない山頂の
あの冷たい自由をもつことを
望みが少なければ　すべてを手にし　何も望まなければ

自由になる　何も持たず　願わなければ
ひとは　神々とひとしい存在となる

（何も持つな…）

何も持つな　手に
どんな記憶も　魂に

冥土行きの銀貨を
手に握らされても

手を開けられたとき
何も落ちはしないだろう

アトロポスに奪われることのない
どんな王位をおまえに授けようというのか

ミノスの裁きによって萎れることのない
どんな月桂樹があるというのか

おまえを影に変えてしまうことのない
どんな時間があるというのか

夜　終着地に着くとき
おまえは影となる

花を摘め　だが　捨てよ
眺めたら　すぐさま　手から

日だまりに座れ　王位を捨てるのだ
そうすれば　自分自身の王になるだろう

（きみの手は…）

きみの手は　何も請わず　すでに物と化した
きみの唇は　何も説かず　すでに動くのをやめた
地中深く閉じこめられ
湿ってかたい土に被われている

おそらくきみが愛していたころの微笑だけが
遠いきみに芳香を与え　記憶のなかに
甦らせる　いまは腐食して地中の
虫の巣となっているかつてのきみを
きみの亡骸がこの地上に生きていたときに
魂のごとく用いていた虚しい名前は
記憶にはもはやなく　このオードが
無名の　微笑を刻む

(恋人よ　ぼくは祖国より…)

恋人よ　ぼくは祖国よりバラを選ぶ
そして木蓮の花をさらに愛す
栄光や美徳より

人生がぼくを見放さないかぎり
ぼくは人生が通り過ぎるにまかせる
自分が変わりさえしなければ

すべてに無関心な者にとって
誰が勝ち　誰が負けようがどうでもよい
大切なことは　暁がつねに輝くこと

毎年　春とともに
新しい葉が芽生え
秋には落葉すること

それ以外のこと　人間によって
人生につけ加えられた諸々のことが
ぼくの魂に何をもたらすだろうか

何も　ただ　無関心という欲望と
この移ろう時への
信頼感が深まるだけ

(葡萄酒とともに…)

葡萄酒とともに　忘却も

ぼくは杯に注ぐ　そうすれば陽気になるだろう
幸運とは無知のことなのだから　記憶や
予知で幸せになった者がいただろうか
熟慮して　この獣たちを　人生とまではいかずとも
ひとつの魂にしよう　希望も追憶もない
不可触の運命のうちに引き籠もろう
ぼくは　死すべき手で　死すべき口へと
華奢な杯を近づけ　束の間の酒を飲みほす
わが目を濁らせ
見ることをやめる

（ぼくは怖い…）

ぼくは怖い　リディアよ　運命が　何ひとつ
確かなことはない
いつ何時ぼくらをすっかり
変えてしまうことが起こらないともかぎらない
既知の彼方に踏み出す一歩は
見知らぬものなのだ　おそろしい神霊が
あらゆる習わしのはてに待っている
ぼくらは神ではない　盲目のぼくらは畏れねばならぬ
この慎ましい生を有り難いと思わねばならぬ
新しい出来事は深淵なのだから

（誰も他人を…）

誰も他人を愛することはない　愛するのは
他人のうちにある　あると思っている自分だけ
愛されないことを　思い悩むことはない
おまえをあるがままに感じただけ　つまり異邦人として
自分であろうと努めよ　愛されようが愛されまいが
自分自身とともに閉じこもれ　少しずつ
自分の苦しみを苦しむのだ

（過去の自分を…）

過去の自分を想い出すとき　そこに見出すのは別のひと

記憶のなかでは　過去は現在
過去の自分は　わたしが愛する誰かだ
それとて　わたしがそう夢見ているにすぎない
わたしの魂を苛んでいるのは
自分への郷愁《サウダージ》や　いま見える過去への郷愁ではなく
この盲いた両眼の背後で
わたしが棲処にしている郷愁
この瞬間だけが　わたしのことを知っている
記憶でさえ　何ものでもない　だから
わたしは感じる　現在のわたしも　過去のわたしも
異なるふたつの夢にすぎないと

（無からは何も…）

無からは何も残らない　我々は無
太陽や風のうちに少し留まるだけの存在
息がつまる暗闇のなかで
湿った土に押しつぶされるまで
子孫を作ったとて　もうすでに死体なのだ

法は布告され　彫像は鑑賞され　オードは仕上げられ
る……
あらゆるものが　自らの墓をもつ　内なる太陽が
この肉体を血で養う我々に落日があるのなら
どうして　それらにないはずがあろう
我々は物語をかたる物語　無なのだ

（わたしが憎み嫌うのは…）

わたしが憎み嫌うのは　キリストよ　おまえではない
おまえのうちにも　わたしはより古き神々を信じる
彼らより重要だともそうでないとも思わない
ただおまえのほうが少し新しいだけ
わたしが憎むのは連中だ　ただし　まったく冷静にだ
おまえを同輩である他の神々よりも愛する連中だ
本来の場所にいてほしいのだ　彼ら以上でも
以下でもなく　ただのおまえとして

おまえが悲しく　大切な神なのは　おそらく
万神殿《パンテオン》にも他の宗教にも　似た神がいないから
それだけのこと　より以上でも純粋でもない
あらゆる神がいたが　おまえが欠けていた

気をつけろ　キリストを過度に愛する者よ
人生は多様なもの　どの日も他の日とは異なる
それらの似姿として多様であることによってのみ
われわれは真理と　さしで向かい合うことができる

（誰ひとりない…）

誰ひとりない　この広大な森のなかに
数え切れない宇宙の森のなかで
全知の神をついに見た者は　誰ひとりとして
そよ風のうちには　そよ風が運ぶものしか聞こえず
われわれが考えるものは　愛であれ神であれ
通り過ぎる　われわれは通り過ぎる者だから

（わずかなものを望め…）

わずかなものを望め　おまえはすべてを手に入れるだろう
何も望むな　おまえは自由になるだろう
自らに対する愛ですら
多くの要求をなし　自分をさいなむことになる

（おまえはひとり…）

おまえはひとり　誰も知らぬ　黙って　ふりをしろ
だが　ふりをしていることを意識せずに
おまえのうちにすでにあるもののほか何ひとつ望むな
だれでも自分といると　悲しくなる
天気が良ければ日が射すし　枝を望めば　枝があろう
運がよければ　運がむいてくる

（わたしは待っている…）

わたしは待っている　心静かに　よく知らぬ何かを……
わたしの未来　そしてすべての未来
最後にはすべてが静寂となろう
波の打ち寄せることもない浜辺のほか　すべてが

（世界を見ることに…）

世界を見ることに満足する者は賢人
酒を飲むとき　かつて飲んだことを
覚えてすらいない者は
すべてが新たで
つねに不滅である者は
葡萄の葉や　蔦や　薔薇の冠を授けよう
彼こそは知っている　人生が
過ぎ去ることを
花の命も　自らの命の糸も　運命の女神
アトロポスによって断ち切られることを

だが　それを葡萄酒の色の陰に隠すことも知っている
狂宴の味わいで
過ぎゆく時の味を消しさることも
バッコスの巫女たちが通れば
泣き女の声がかき消されるように

そして　静かな飲み手として満足しつつ　彼は待つ
ただ　わずかに欲望しながら
唯一のおぼろげな欲望を
そう　不快な波が
彼をやがて濡らすことを

（ここに来て…）

ここに来て座っておくれ　リディアよ　川の畔に
心静かに　ぼくらの目を流れに向けて　学ぼう
人生は流れ去り　ぼくらの手も離れてしまうことを
（いまは手に手を取ろう）

それから　考えよう　大人のような子どもになって
人生は流れ　何も残らず　再び戻ることもないことを
遠くにある海まで流れていき　神々も及ばぬほど遠く
「運命」の足下まで流れていくことを

手を離そう　つないでいても何の役にも立たないから
楽しかろうがなかろうが　ぼくらは川のように
過ぎ去るんだ　それならば　静かに
心を騒がすことなく　過ぎゆくことを覚えよう

愛も憎しみも　声を荒げる情熱もなく
過剰に目を燃え上がらせる嫉妬もなく　心配もなく
だって　心配したって　川はいつでも
海まで流れ　過ぎ去ってしまうのだからね

静かに　愛し合うことにしよう　ぼくらが望みさえすれ
　ば
口づけも　抱擁も　愛撫もできると考えて
だが　こうして肩を並べて座っていたほうがずっとよい

川の流れを見つめ　耳を澄ましながら
人生の花を摘もう　花を受け取り　腕に抱えるがいい
花の香りがこの瞬間を甘くしてくれるだろう――
ぼくらはデカダンスの罪のない異教徒
この瞬間　まったく平穏に　何も信じていない

こうすれば　ぼくがきみより先に影となったとき
きみはぼくのことを想い出すだろう
想い出に身を焦がしたり　傷ついたり　感動することも
　なしに
だって　手をつないだことも　口づけを交わしたことも
　なく
ただ子どものように一緒だったのだから

先に冥途の渡し守に船賃を払うのがきみになったら
ぼくはどんな苦しい想い出にも襲われはしないだろう
優しいきみは　記憶のうちで優しいまま　こうして川辺
　にいる
胸に花を抱いた　悲しい異教徒の姿で

（暁の青白い光が…）

暁の青白い光がほのかに黄金色に染まる
冬の日が露のように
乾ききった幹やたわんだ枝を輝かす
冷気がかすかに震える

信仰という古き祖国から連れ去られ
わたしを慰めるものはただ神々への思いのみ
寒さに震え　わたしは
別の太陽で体を温める

パルテノンの太陽　アクロポリスの太陽
重々しく　緩慢な足どりで
語るアリストテレスの足下を照らしていた太陽
しかしエピクロスの

優しい現世的な声のほうがわたしに響いてくる
エピクロスは神々に対して　神に等しい態度をとり
人生に対して距離をとり
それを　穏やかに　眺める

（ぼくはアドニスの…）

ぼくはアドニスの庭の薔薇が好きだ
リディアよ　あの「素速い《ヴォリュクレス》」と呼ばれる薔薇が
それは生まれたその日のうちに
死んでしまうから
あの薔薇にとって光は永遠だ
陽が昇ってから生まれ
アポロンがその定められた道のりを
踏破する前に生涯を閉じるから
あの薔薇にならって　たった一日の命を生きよう
リディアよ　ぼくらの短い人生の
前と後には夜があることを
みずからすすんで忘れて

（こんな話を聞いたことが…）

こんな話を聞いたことがある　むかし　ペルシャで
何やらという名の戦争が起きたときのこと
町が攻撃を受け　燃えさかり
女たちが泣き叫んでいたとき
二人の男がチェスの対局を
脇目もふらずつづけていた

こんもりとした木陰に陣取って
目は古めかしいチェス盤に釘づけ
彼らの傍らには
自分の駒を動かして
相手の指し手を待つ
あの休息のときのために
葡萄酒の壺が置かれ
渇きを潤していた

家々が焼かれ　倉や宝庫の
掠奪がはじまり
陵辱された女たちが
破壊された壁の下に放り出され
子どもたちは槍で刺され
通りは血の海となっていた……
それでも　街からさほど遠くないが
喧噪からは遠くにいた
二人の男は
チェスの対局をつづけた

悲しい風にのって
叫び声がそこまで届いたり
ごく間近な場所で　妻や幼い娘が
犯されているのではないかと
虫の知らせを感じ
二人の思いが一瞬そこに馳せられ
わずかな影が　無関心な額によぎることもあった
それでも　二人の穏やかな目はすぐに
古びたチェス盤に
その落ち着いた注意を戻した

象牙でできた王《キング》が危ういときに
生身の姉妹や　母や　子どもなど
何ほどのものだろうか
城《ルーク》が女王《クイーン》の
退路を守れないとき
掠奪など　何ほどのものだろうか
確信に満ちた手が
相手に王手《チェックメイト》をかけるとき
彼方で　愛娘や息子が危機に瀕していることなど
魂にとって　いかほどのことであろうか

塀のうえに突然
武装した敵の怖ろしい顔が現れ
他ならぬこの場所で　この悠々とチェスを指す男が
血まみれになることが確実だとしても
その直前までは
（はるか何手も先に意味をもつ
駒の動かし方に没頭し）
この二人の大いなる無関心者は
好きな対局に没頭している

都は滅びるがよい　民は苦しむがよい
自由は消え去るがよい　人生も消え去るがよい
父祖から受け継いだ豊かな富は
炎と　掠奪の　餌食となるがよい
だが　戦火によって対局が中断されるとき
王手をかけられていてはならない
最前線にいる歩《ポーン》は
城《ルーク》を取る位置にいなければならぬ

エピクロスを愛する我らが兄弟たちよ
書物に残された言葉ではなく　自己流に
エピクロスを理解する我々は
この落ち着き払って
チェスを指しつづける男たちの物語のうちに
どのように人生を過ごすべきかを学ぼうではないか

あらゆる真面目なことなど　どうでもよいのだ
重々しいものを　軽く考えよう
我らの本能の自然な動きによって

無用な快楽に身を委ねるのだ
（静かな木陰に憩うて）
好ゲームに興ずる快楽に

この無用な人生で手にするものは
栄光　名声　愛　知識　生
なんであれ
たかだか同じ程度の
価値しかもたぬ
自分より腕のたつ相手に
勝利した対局の
ささやかな想い出と

栄光は　富と同じように重くのしかかり
名声は　高熱とかわらない
愛は　真剣すぎて　疲労するし
知識は　けっして　手に入ることがない
そして　生は過ぎ去り　苦しい
わかっているからだ……　チェスの勝負は
我々を夢中にするが　敗れても
苦にはならない　無意味なものだから

ああ　意識するともなく我らを愛するこの木陰で
手元に葡萄酒の壺を置き
チェスの対局の
無用な動きに神経を集中する
たとえ　ゲームが夢にすぎないとしても
対局の相手がいないとしても
この物語のペルシャびとを模倣しよう
そして　我らの外で
遠近で　戦争や　祖国や　人生が
我らを呼ぼうとも
呼ばせるがままにして　放っておこう
親愛なる木陰で　我々のそれぞれは
夢みている　あの対局者たちのことを
チェス盤のことを　彼らの無関心を

（おまえの運命に…）

おまえの運命に従え
自分の庭に水をやれ
自分の薔薇を愛せ
余はすべて　おまえとは
縁のない樹木の影

現実とは
多かれ少なかれ　いつも
我々が望むもの
我々だけが　いつも
自分と等しい

ひとりで生きることは甘美だ
単純に生きることは
どんなときでも　偉大で　高貴だ
苦しみは　祭壇に捨てよ
神々への奉納として

人生を遠くから眺めるのだ
けっして問い質してはならない
人生はおまえに
何も語りはしない　答は
神々の彼方にある

ただ　心静かに
おまえの心の底で
オリュンポスをまねぶのだ
神々が神々なのは
自分のことを考えぬから

（偉大であるためには…）

偉大であるためには　自分自身でなければならない
いかなるものも　誇張も排除もしないこと
ひとつひとつのことに　すべてであれ
どんな些細な行為のうちにも　自分のすべてを投入せよ
そうすれば　あらゆる湖に月が輝く

月は天の高きところにあるのだから

(神々に願うのは…)

神々に願うのはただ　わたしのことを忘れること
そうすれば自由になれる　……好運とも不運とも無縁で
何ものでもない存在　空気の
命のような風のように
憎しみも愛もわたしたちを追い求め　どちらも
それぞれのしかたで　わたしたちを苛む
神々が何も与えない者だけが
自由になる

(わたしのひとつの…)

わたしのひとつの行為が
蟻の大群を壊滅させたら
彼らはわたしを神だと思うだろう

だが　わたしの目には　わたしは神ではない
だとすれば　おそらく神々は
彼ら自身にとっては　神でないのかもしれぬ
わたしたちよりも大きいということだけで
わたしたちにとっては　神となるのかもしれぬ

確実なことはわからぬが
わたしたちが神々だと信じている
者たちに対してでさえ
理由もなくすっかり信じるのはいかがなものか

(薔薇の冠を…)

薔薇の冠をかぶせておくれ
ほんとうに　かぶせておくれ
薔薇の冠を……
萎れる薔薇を
やがて

萎れるこの額に
かぶせておくれ　薔薇と
短い葉の冠を
それだけだ

（神々がわたしたちに…）

神々がわたしたちに与える唯一の自由は
わたしたちが自分の意志で
その支配に屈すること
そのほうがよい
自由の幻想のうちにのみ
自由は存在するのだから

神々とて　そうするほかない
彼らにも永遠の運命が重くのしかかっている
こうしてようやく　彼らも心の底から穏やかに
自分の生は神聖にして自由だ
という古代からの確信をもつことができる

わたしたちも神々に倣うことにしよう
オリュンポスに棲む彼らと同じく
自由ではないわたしたちは
砂上の楼閣を築いて　目を楽しませるひとのように
わたしたちの生を打ちたてよう
神々は　わたしたちが彼らと同じであることを見て
感謝することだろう

（以上、澤田直訳）

師よ

師よ　時間《とき》はすべて静穏です
私たちが虚しく過す
時間《とき》はすべて
もし虚しく過すことに
花を挿しさえすれば
花瓶に花を挿すごとく

私たちの人生に
悲哀はありません
歓喜はありません
思い煩うことなき賢者となって
学ぼうではありませんか
人生を生きることでなく

送ることを
心静かに穏やかに
幼児《おさなご》を
われらの師とし
眼に自然を
くまなく映しながら……

川の辺《ほとり》で
道の辺で
ときに応じて
常にかわることなく
そっと癒しながら
生きていることの疲れを

なにごとも語らず
時は過ぎ去り
私たちは老いてゆきます
ほとんど冷やかに学ぼうではありませんか
感じとるのを
私たちが過ぎ去りゆくのを

踠《もが》いても
それは意味のないことです
抗《あらが》うことはできないのです
己れの子らを
常に貪り食らう
あの残忍な神に

花を摘もうではありませんか
そっと浸そうではありませんか
私たちの手を
静かな川の流れに
その静けさを

学ぶため
向日葵《ひまわり》となって　常に
太陽を見つめながら
私たちは心静かに
人生を発つことでありましょう
生きたことを
悔いることもなく

アポロンの車は

アポロンの車は視界の外へ走り去り
捲きあげられた埃は
軽やかな靄《もや》を一面に拡げる
地平線の上に

牧神の静かな笛が鳴れば
高く澄んだその音は動かぬ大気のなかをくだり
滅びつつある静穏な一日は
寂寥をます

栗色の髪をもち　魅惑的で淋しげなお前
暑い牧場で熱心に働く農婦よ
お前は疲れた足をひきずりながら
耳をかたむける

軽やかな風にかわる大気にのって
鳴り続ける牧神の古代の笛に
僕にはわかる　波から生まれたあの明眸の
女神のことをいまお前が考えているのが

お前の疲れた胸が感じているものの奥深くまで
波の寄せているのが
牧神の笛が微笑みながら仄《ほの》かな光のなかで
泣いているあいだ

（以上、池上岑夫訳）

（池上岑夫編訳『ポルトガルの海――フェルナンド・ペソア詩選』一九八五年彩流社刊。増補版、一九九七年刊）

アルヴァロ・デ・カンポス詩篇

リスボン再訪　1923

いや　何もいらない
何もいらんと言ったじゃないか

結論なんて　くそくらえだ！
死ぬこと以外に結論なんてあるもんか
美学なんてまっぴらだ！
道徳なんて　口にしないでくれ！
形而上学なんてひっこめろ
完全体系の自慢なんてごめんだ　知（知　なんてこった
　知だって！）による
征服のパレードなど見たくもない――
知　芸術　近代文明による征服なんて！
そんな神々に　おれが何か悪いことをしたというのか

真理なら　自分のためにとっておくがいい
おれは技術者だ　だがおれの技術は技術のなかだけにある
それを別にすれば　おれは気狂いだ　だからどうした
おれの問題だ　もんくがあるか

おねがいだから　ほっといてくれ

おれが人並みに結婚し　生活に追われ　仕事して　税金を払うようになれば満足なのか
いまの反対に　何かであることの反対になってほしいのか
もしおれがいまのおれと違っていたら　皆さんの言うとおりにもしただろう

しかし　おれはこうなんだから　がまんしてほしい！
どっかへ失せちまってくれ！
それともおれのほうが失せようか！
どうしてみんなと一緒に行かなきゃならないんだ

腕に触るなって！
腕を組まれるのは嫌いなんだ　ひとりでいたいんだ
ひとりきりだと言っただろう！
一緒にいてほしいなんて迷惑千万だ

ああ　青い空——子どものころとおんなじだ——
空虚で完璧な永遠の真理だ
ああ　父祖の時代から無言で流れるテージョ河よ
空を映し出す小さな真理だ
ああ　再び訪れたこの苦悩　昔と変わらぬ現在《いま》のリスボンよ
何も与えず　奪いもしない　おまえはおれの感じる虚無そのものだ

ほっておいてくれ　もうすぐ行くから　ぐずぐずしない性質《たち》だから
深淵と沈黙が訪れるまで　おれはひとりでいたいのだ

煙草屋

おれは何者でもない
けっして何者にもならないだろう
何者でもないことを欲することはできない
それを別にすれば　おれのなかに世界のすべての夢がある

おれの部屋の窓よ
世界の何百万のうちのひとりで　何者なのか誰も知らない　このおれの部屋
（だが　もし知っていたとして　何を知っているだろう）
窓の下には人びとが往来する路の神秘がある
どんな思考にも接近不可能な路が
現実的　不可能なほど現実的な　確実　認識不可能なほど確実な路が
石畳やさまざまな存在の下に　事物の神秘があり
壁に湿気を与え　人びとの髪を白くする死があり
虚無の道にすべてを載せた車を走らせる運命がある
今日のおれは敗残者だ　まるで真理を知っているかのよ

うに
今日のおれは覚醒者だ　まるでこれから死ぬかのように
事物に感じる愛情と言えば　別れの気持ちばかり
であるかのように　そのあいだも　この家と　路のこち
　ら側は
列車へと変身し
おれの頭のなかに汽笛が鳴り
出発のときのように　神経が揺さぶられ　骨がきしむ

今日のおれは困惑者だ　考え　発見し忘れてしまった男
　のように
今日のおれは　まっぷたつに引き裂かれた者だ
外部に現実として存在する向かいの煙草屋と
すべては夢で内部に現実に存在するという感覚のあいだ
　で

おれは　すべてに失敗した
だが計画などなかったから　すべてとは無のことだろう
徒弟奉公に出されたが
裏の窓から逃げ出した
大いなる計画をもって　野原へと逃げていった
でも　そこで出会ったのは　草や木だけだった
そこにいた連中も　他の連中と同じだった

おれは窓際を離れ　椅子に腰掛ける　何を考えようか

未来の自分はわからない　いまの自分すらわからぬのだ
　から
考えているものになるだって？　でも　おれはいろんな
　ものであろうと考えているんだ
それに　同じことを考えている人間が多すぎるから　そ
　んなに多いのが不可能に思えるほどだ
天才だって？　いまこの瞬間に
夢のなかでおれと同じように　十万の脳みそが自分を天
　才だと思っている
そのなかで　歴史に残るのがひとりでもいるだろうか
来るべき征服のための堆肥が残るばかりだろう
いや　おれは自分を信じていない
精神病院はどこも　確信に満ちた狂人に満ちている
どんな確信もないおれのほうが正しいか　正しくないか

いや　おれには自分にさえ確信がない……
それに　世界中の屋根裏部屋や普通の部屋に
いまこのとき　どれほどの自称天才が夢見ていることか
どれほど高邁で　高貴で　明晰な思いがあることか――
そう　真に高邁で　高貴で　明晰な――
そして　それらは実現可能かもしれないが
陽の目を見ることも　ひとの耳に達することもなかろう
世界は　征服者として生まれた者たちのものであって
征服を夢見る者たちのものではない　たとえ正しいのは
　彼らのほうだとしても
おれは　ナポレオンが成し遂げた以上のことを夢想した
キリストより多くのひとを想像上の胸に抱きしめた
カントも書かなかった哲学を密かに練り上げた
でも　おれは屋根裏の住人　おそらく一生そうなのだ
ほんとうに屋根裏部屋に住んでいるわけではないけれど
いつでも「別のことをやるために生まれてきた人間な
　のだ」
いつでも「やればできるかもしれない人間なのだ」
いつでも　扉のない壁の前で扉が開くのを待ち
鶏小屋で無限の歌を歌い
埋もれ井戸の奥底に神の声を聞く人間なのだ
自分を信じるだって？　無理だ　何も信じられない
この燃えたぎる頭に　自然が投げかけてくれますように
陽の光を　雨を　髪をそよがす風を
他のものは　来るべきものは来るだろうし　さもなけれ
　ば来なくてもよい
心臓病であるおれたち星の奴隷は
起床前は　世界征服を果たしているのに
目覚めると　世界は不透明になる
起床すると　世界は別のものになる
家を出ると　世界は大地全体
さらには太陽系　銀河系　無限にまで拡大する

（お嬢ちゃん　チョコレートをお食べ
チョコレートを
世界にチョコレート以外の形而上学などない
どんな宗教にもお菓子屋ほどの教えはないのだ
だから　汚いお嬢ちゃん　チョコレートをお食べ
きみと同じくらいほんとうに　おれがチョコレートを食
　べることができればいいんだが

それでも　おれは考える　銀紙を　ほんとうはただのア
　ルミ箔を　はがして
すべてを地面に投げ捨てる　人生を投げ捨てたように）

それでも何者にもなれないという不能の苦さから
この素速く清書された詩句だけは残るだろう
不可能なものの入り口に立つ　壊れた柱廊として
それでも　涙もなく　おれは自分を軽蔑する
捨てるときだけはともかく高貴な身振りを保とう
目録など作らず　おれという汚れた服を事物の流れのう
　ちに捨て去るのだ
そして服も着ずに家にとどまるのだ

（おまえ　慰める者　実在しないから　慰めるおまえ
生きた彫像として考えられたギリシャの女神よ
不可能なほど高貴にして不吉なローマの貴婦人よ
高雅にして派手やかな吟遊詩人なる公女よ
胸元もあらわなドレスの彼方なる十八世紀の侯爵夫人よ
我が父親たちの時代に名を馳せた娼婦よ
いや　どんな現代の女性であれ――想像すらできない
が――
それらなんであれ　おまえはそれであれ　そしてそれが
　霊感というものならば　霊感を吹き込んでくれ
おれの心は空っぽになった水桶だ
霊媒が魂を呼び出すように　おれも呼び出す
自分自身を　だが　何も見つからない
窓辺に近づくと　絶対的な精度で街路が見える
店が見える　歩道が見える　通り過ぎる車が見える
服を着た人びとが行き交うのが見える
これもまた実在する犬　などが見える
それらすべてが　流刑のようにおれに重くのしかかる
それらすべてが　よそよそしい　あらゆるものと同様
に）

おれは生き　学び　愛し　信じてさえいた
ところが　いまでは乞食のことさえ羨むのだ　ただそい
　つがおれじゃないという理由で
おれはすべてのひとのうちに　ぼろを　傷を　嘘を見つ
　ける
そして思う　こいつは生きたことも　学んだことも　愛

したことも　信じたこともなかったのだろう　と
（何もせずにそれらを現実とすることは可能なのだか
ら）
たぶん　こいつはただ存在するだけなんだ　トカゲのよ
うに
切られても独立してぴくぴくと動くシッポのように

いまのおれは　まちがったおれで
なるべきおれにならなかったのだ
まとった衣装がまちがっていたのだ
別人とまちがわれたのに　否定しなかったので　自分を
見失ったのだ
仮面をはずそうとしたときには
もう顔にはりついていた
なんとか仮面をはずして　鏡を見ると
ひどく歳をとっていた
酔っていて　ずっと着ていた衣装の着かたがわからなか
った
おれは仮面を投げ捨て　クロークで眠った
おとなしそうだから

お情けで入れてもらった犬みたいに
そしていまこの話を　自分の崇高さを証すために書くの
だ

おれの無用な詩句の音楽的な本質
おれがすっかりつくったものとして　おれの前に現れて
くれ
向かいの煙草屋としじゅう向き合うのはたくさんだ
おれの存在の意識を踏みつけるのはやめてくれ
よっぱらいがつまずく絨毯か
ジプシーの盗む二束三文の足マットみたいに

だが　煙草屋の主人が店の入り口に現れ　たたずむ
おれは　主人を眺める　首をひねったせいで居心地が悪
く
魂がよく理解できないのも居心地が悪い
やつはいつか死ぬだろうし　おれも死ぬだろう
やつは看板を残し　おれは詩句を残すだろう
少したてば　看板も消滅し　詩句もそうだろう
もっとすると　看板のあるこの路も消滅し

詩句が書かれた言語も消滅する
それから　これらすべてが載り回転する地球も消滅する
太陽系以外の他の星で　人間のような何かが
看板らしき何かの下で暮らし　詩句らしきものを書きつ
　づけることだろう
つねに何かと向き合ったものがあり
つねにどちらも同じくらい無用で
つねにありえないものが　現実と同じくらい愚鈍に
つねに表面の神秘のまどろみと同じくらい確実な隠れた
　神秘が
つねにこういったもの　あるいはつねに別のもの　ある
　いは　どちらでもなく

だが　煙草屋に男がやってくる（煙草を買うためか？）
すると　もっともらしい現実が突然　おれの目の前に現
　れる
おれは勢いよく身を起こし　確信をもって　人間らしく
この詩を書くことにする　まるで反対を述べている詩を
おれは煙草に火をつけ　これから書く詩を考え
煙草のうちで　あらゆる思考からの解放感を味わう
おれは自分の歩む道であるかのように　煙を目で追い
感覚が研ぎ澄まされ　有能になり
あらゆる思弁からの解放を味わう
形而上学は不機嫌の結果にすぎないという意識を

それからおれは椅子に横たわり
煙草を吸いつづける
運命が許すかぎり　おれは吸いつづけることだろう

（もしクリーニング屋の娘と結婚できるものなら
おれは幸せになることもあるだろう）
それから　おれは椅子から立ち上がって　窓辺に行く

男が煙草屋から出てきた（小銭をズボンのポケットに入
　れているところだろうか）
ああ　あいつなら知っている　形而上学とは無縁のお人
　好しのエステヴェスだ
（煙草屋の主人はふたたび入り口にたたずむ）
まるで人知を超えた直観に誘われたかのように　エステ

ヴェスが振り向いて　おれを見る
手で挨拶するから　おれも　やあエステヴェス　と叫ぶ
すると宇宙が理想も希望もなくおれのうちで再構成さ
　れ　煙草屋の主人が微笑む

ポルト風臓物煮込み

ある日　時空を超えた　とあるレストランで
おれに愛が差し出された　冷えた臓物煮の形で
鄭重に　おれは調理場係に言ってみた
これ　暖めてもらえませんか
臓物煮（特にポルト風）は絶対に冷やして食べません
連中はおれに対して腹を立てた
おれは説得が下手で　レストランですらだめなのだ
おれは手をつけず　他の注文もせず　勘定を払った
通りに出て行ったり来たりした
あれはいったいどんな意味だったのだろうか
わからない　でも　そんなことがおれに起こったのだ
（そうだ　子どものころは誰にでも　庭がある
自分の庭　公園　隣人の庭
そうだ　遊びがほんとうの主人で
悲しみはいまのものだということもわかっている）
そんなことは十分承知している
だが　愛を頼んだのに　なぜ
冷めたポルト風煮込みなんか持ってきた
あれは冷やして食べるものじゃない
それなのに　冷めたのを出しやがった
不平を言っているんじゃない　でも冷たかったんだ
冷たいのはぜったい食べないのに　冷たかったんだ

メモ

おれの魂は空っぽの花瓶のように粉々に砕けてしまった
あまりに深い階段の下に

うっかりものの女中の手から　落ちてしまった
粉々になり　陶のかけらすら残っていない
なに馬鹿言ってだって？　不可能だって？　知ったことか
かつて自分だと感じていたときより多くの感覚があるんだ
おれは　叩かれる前の足拭きマットに散らばった破片だ
落ちるとき　花瓶が壊れるような音を立てた
そこにいた神々は階段の手摺に身をのりだし
自分たちの女中が粉々にしたおれの破片を眺めている
神々は女中に腹を立てたりはしない
女中に対しては寛容なのだ
おれは空っぽの花瓶だったんだろうか
神々は　奇妙にも意識して破片を眺める
自分を意識するので　破片を意識するわけじゃない
神々は眺め　微笑む
わざとではないから女中には寛大に微笑みかける
星が敷きつめられた大きな階段が広がっていく
星々のあいだで　光沢のある面をうえにして　破片がひとつ光る
おれの作品　おれの魂の肝心な部分　おれの生だろうか
ひとつの破片だ
神々は特にそれを眺めている　なぜそれがそこに留まっているのかわからないのだ

旅の途中で放棄された本に書かれた…

おれはベジャ近郊からやってきて
リスボンの中心に行くところ
何も持ってないから　何も見つからないだろう
見つからない何かに　すでに疲れを感じている
おれの感じる郷愁は　過去でも未来に対してでもない
この本に　死産した計画のイメージを残しておこう

おれは雑草のように存在し　誰にも引き抜かれなかった

煙草屋の扉に十字架が…

煙草屋の扉に十字架が見える
死んだのは誰だ　主人のアルヴェスそのひとか
彼の発していた幸福感は悪魔のものとなったのか
昨日から　街は変わってしまった

彼は何者だったのか　そうおれが見ていたやつだった
毎日　おれはやつを見ていた　けれどいま
おれはいつもの習慣を奪われてしまった
昨日から　街は変わってしまった

やつは煙草屋の主人だった
おれという存在の指標点だった
おれは　昼となく夜となくその前を通った
昨日から　街は変わってしまった

おれの心からは喜びが消えた
この場所は　死について語るばかりだ
なんともぞっとする　閉ざされた煙草屋
昨日から　街は変わってしまった

やつは　少なくとも　誰かに見られていたやつは
しっかりとそこにいた　だが歩き回っているこのおれが
死んでも　寂しがる者も　言う者もないだろう
昨日から　街は変わってしまった　と

勝利のオード

工場のどでかい電灯の刺すような光を浴びて
熱くなり　おれは書きはじめる
歯ぎしりし　野獣のおれ　これらの事物の美を讃えて
古代人の知らなかったこれらの美を讃えて

ああ　車輪よ　ああ歯車よ　永遠の r-r-r-r-r-r-r よ！
怒り狂う機械の制御された痙攣よ！

荒れ狂う　おれの内と外で
おれの切り裂かれたあらゆる神経を通して
おれのあらゆる感覚器官の先端を通して
おれの唇は乾く　ああ　現代の大音響よ
あんまり近くでおまえを聞いているせいだ
おまえのことを　おれのあらゆる感覚の
過剰な表現で歌いたい気持ちで頭に血がのぼる
お前たちと同時代的である過剰のためだ　おお機械たち
　よ

熱くなり　熱帯の大自然のようなエンジンを眺めなが
　ら——

鉄と火と力でできた偉大な熱帯人たちだ——
おれは歌う　現在を歌う　そして過去と未来を
現在はあらゆる過去であらゆる未来なのだから
機械や電光のうちにプラトンやウェルギリウスがいる
過去に生身のウェルギリウスやプラトンがいたからだ
そして西暦五十世紀のアレクサンドロス大王の破片や
百世紀のアイスキュロスの脳髄を熱する原子が
このベルトコンベアー　ピストン　はずみ車を通って
唸り　きいきいと軋み　しゅしゅうと囁き　大音響を発
　し　がちゃがちゃ音をさせながら
おれの身体への過剰な愛撫　魂への唯一の愛撫となる

ああ　モーターのように自分をすっかり表現できたら
機械のように完全になれたら
最新型の車のように颯爽と人生を突っ走れたら
少なくとも肉体的にこれらに入り込み
完全に引き裂かれ　丸裸になって
この驚くべき人工的で飽くことなき真っ黒な　植物の
オイルや熱や炭の香りを身に染み込ませられるなら

あらゆる動力に対する友愛よ！
あらゆる運動体の原動力である混然とした狂乱よ！
暴走する列車の
金属的で国境を越えた回転
船舶の積荷運搬活動
潤滑油をさされた起重機の緩慢な旋回
工場の規則正しい騒音
ほとんど聞こえない単調なベルトコンベアーの囁き！

機械と有用な作業との間で凝縮された
生産的なヨーロッパの時間よ！
カフェで動きを停止する大都会
カフェ　騒々しい無為のオアシス
〈有用なもの〉の騒音や動きが
〈進歩〉の車輪や歯車やベアリングが
結晶し急降下する場所だ
波止場や駅の　魂をもたない新たなミネルヴァよ
〈瞬間〉という尺度に見合った新たな熱狂よ
船渠《ドック》に横づけになった
港のスロープに引き揚げられた　微笑む鉄板の竜骨よ！
国境を越え、大西洋を横断する　カナディアン・パシフ
　イック号よ！
熱に浮かれたような無為の時間と輝きよ！　バーや
ホテルや　ロンシャンや　ダービーや　アスコットや
ピカデリーや　オペラ通りで　そんな時間と輝きが
おれの魂に侵入する
おおい　街路　おおい　広場　おおい　雑踏よ

通り過ぎるすべてのもの、ショーウインドウに立ち止ま
　るすべてのものよ
商人　浮浪者　めかしこんだ詐欺師たちよ
貴族倶楽部の会員の紳士諸君
不気味でみすぼらしい人物よ　なんとなく倖せそうな家
　父長たちよ
胴着の両方のポケットから垂れる金鎖にいたるまで
いかにも父親づらをしてやがる
通り過ぎるすべてのもの　通るが決して過ぎ去りはしな
　いすべてのものよ
娼婦たちがやけに多すぎはしまいか
中産階級の　たいていは母と娘の
興味深い凡庸さ（なかには何があるのか）
連中は目的があって歩いている
ゆっくりと通り過ぎるおかまの　女性的だが偽の優雅さ
そして　あれら着飾って人目を意識して散歩するひとた
　ち
彼らにだって　魂はある！
（ああ　おれがこいつらすべての情夫であったら！）

腐敗しきった政治の華麗な美しさ
財界や外交上の甘美なスキャンダル
路上の政治的な攻撃
そして　ときには　国王殺しの彗星が現れ
日常茶飯事の〈文明〉の見慣れた透明な空を
〈奇蹟〉と〈喇叭〉の音で照らし出す

新聞で報じられるでたらめなニュース
非誠実的なまでに誠実な政治記事
「すぐにお払い箱になる」記事　大犯罪——
二面の二段目まで続く記事！
印刷ほやほやのインクの匂いだ！
貼られたばかりで　まだ水の滴るポスター
白い帯が巻かれた黄色い「最新刊書」
おまえたちが好きだ　みんな　みんな　みんな
おまえたちが好きだ　あらゆるしかたで
目で　耳で　嗅覚で
触覚で（おまえたちに触れることがおれには重要なのだ）
知性で　おまえたちの振動するアンテナのように

ああ　おれのあらゆる感覚がなんとおまえたちに欲情することか！

肥料　蒸気脱穀機　農業の進歩よ！
農業化学　ほとんど科学とさえなった商業！
おお　セールスマンの見本商品よ
セールスマンとは産業時代の遍歴の騎士
工場や静かなオフィスの人的延長だ！

おお　ショーウインドウの生地よ！　おお　マネキンよ　おお　最新流行よ！
おお　誰もが買いたくなる無用な品々よ！
やあ　多数の売り場がひしめくデパート！
やあ　光っては消えるネオンサイン！
やあ　現在の建築資材　過去との違い際だつ新資材！
おーい　モルタル　鉄筋コンクリート　新工法よ！
栄光にみちた殺戮兵器の進歩よ！
装甲車　大砲　機関銃　潜水艦　戦闘機よ！
おまえたちが好きだ　みんな　野獣のように

おまえたちが好きだ　みんな　獰猛に
倒錯した目つきであらゆる角度からおまえらを眺め
大きなもの　凡庸なもの　役に立つもの　立たないもの
おお　完璧に近代的なもの
おお　おれの同時代者たちよ　宇宙の非媒介的システム
　の
現在と近未来の形態よ
メタリックでダイナミックな新たな神の啓示よ

おお　工場　おお　実験室　おお　ミュージックホール
おお　ルナパークよ
おお　軍艦　おお　橋梁　おお　船渠《ドック》よ——
旋回し白熱する精神のうちで
おれはおまえたちを　美女をものにするように　ものに
　する
完全にものにするのだ　偶然に出会った
抗えぬほど魅力的だが　愛してはいない美女のように

おおい　デパートのファサードよ
おおい　ビルのエレベーターよ
おおい　内閣改造よ
国会　政治　予算報告者
粉飾予算よ！
（国家予算は一本の樹と同じくらい自然で
国会は蝶と同じくらい美しい）

人生における　あらゆるものへの関心
なぜならすべてが人生だからだ　ショーウインドウのダ
　イヤモンドにはじまり
夜にいたるまで
浜辺に打ち寄せ　太古から荘重な海
プラトンが生身のプラトンで
魂を備えた肉体として現実に存在し
後には弟子ではなくなるアリストテレスと一緒に語らっ
　ていた時代から
慈愛に満ちて変わることのない海と星々とのあいだに架
　けられた橋である夜にいたるまで

おれはモーターに粉砕されて死んでもかまわない
女の感じる快感を感じることができるなら

おれを高炉のなかに投げ込め
おれを列車の下に突き落とせ
おれを船の甲板で殴り倒せ
機械によるマゾヒズムよ！
現代的な何ものか　おれと喧噪とのサディズムよ！

さあさあ　ダービーの優勝騎手よ
おまえの二色の騎手帽をおれの歯で噛みしめてやりたい

（どんな扉も通れないほど巨大だったらいいのに！
ああ　おれの場合は　見ることが性的倒錯なのだ！）

おおい　おおい　おおい　大聖堂よ
おまえの角に頭を打ちつけて　かち割らせてくれ
そして　誰にもおれだとわからないうちに
通りから血まみれのおれを撤去してくれ

おお　路面電車よ　ケーブルカーよ　地下鉄よ
痙攣するまで　おれに身体をこすりつけてくれ
やあい　やあい　やあい

鼻先で笑いのめしてくれ
お祭り好きと　売春婦で一杯の自動車や
陽気でも陰気でもない道行く日々の群衆たちよ
おれが好きなときに浸る多彩色の無名の河よ
ああ　これらすべてが住まう家のなかでなんと複雑な生
　があることか　なんと多くの事物があることか
ああ　やつらみんなの人生を知ることができたらなあ
金の悩み　家庭内のいざこざ　明白な放蕩を
やつらが自分の部屋でひとりのときに抱く考えを
見られていないときにこっそりとする仕草を
それらすべてを知れないなら　無知であるに等しいじゃ
　ないか　ああ　なんという苛立ち
苛立ちだ　熱や　欲情や　空腹のように
顔をやつれさせ　痙攣させた手を
路上の群衆のただなかで旋回する苛立ちだ！

ああ　どいつもこいつも同じような薄汚れた大衆よ
まるであたりまえのように下品な言葉を使い
息子たちは食料品屋で盗みをはたらき
八歳になる娘は階段の陰で

立派な身なりをした紳士のマスターベーションを助ける
――おれはそれが美しいと思うし　それが好きだ――
工事現場の足場の下　ほとんど非現実なほどに狭くて腐った裏通りを通って帰宅する底辺の連中よ
犬のように生きる　すばらしい人間の種族
どんな宗教も彼らのためには作られず
どんな芸術も作られず
どんな政治も考えられなかった人びとよ
なんときみたちを愛することか　きみたちみんなだ
あまりにも底辺にいるので　良くも悪くもなく　非道徳的ですらないきみたちを
あらゆる進歩から見放された
人生の大海の底に沈んだ素晴らしい動物たちよ

（おれの家の庭のあるくみ上げポンプ
そのまわりをロバはいつまでもぐるぐる回っている
世界の神秘とはつまりは　これと同じ大きさなのだ
額の汗を拭え　不満をかこつ労働者諸君よ
太陽の光は天体たちの沈黙を包み込み
おれたちはみな死すべき存在だ
おお黄昏の暗い松林よ
松林のなかでは　子どものころのおれは
いまのおれとはまるでちがった……）

ああ　だが　またもや機械のいつもの苛立ちがやってくる
乗り合いバスの　ガタコトという執拗さがやってくる
同時に世界のありとあらゆる場所の
あらゆる列車の乗客でありたいという欲望がやってくる
いまこの瞬間　錨をあげ　船渠《ドック》から遠ざかる
あらゆる船の甲板から別れを告げたいという欲望が
おお　鉄よ　鋼《はがね》よ　アルミニウムよ　ナマコ板よ
おお　波止場　港　列車　クレーン　タグボートよ

おおい　鉄道の大事故よ
おおい　炭坑の落盤事故よ
おおい　大型汽船の甘美な難船よ
おおい　あちこちで勃発中の革命よ
憲法改正　戦争　条約　侵略よ
喧噪　不正　暴力　そしてもうすぐやってくる終末よ

黄色い野蛮人どもが大挙してヨーロッパを侵略する
そして新たな水平線に別の太陽が昇るのだ

そんなことはみんなどうでもよい　どうでもよいのだ
真っ赤に燃え上がる現代の騒音を前にしては
今日の文明の残酷で甘美な騒音を前にしては
これらがすべてを消し去り　残るのは瞬間のみだ
汽罐車に火をくべる火夫のように裸で熱い胸をした瞬間
しじゅうキーキーと機械音を立てる瞬間
鉄と銅と　諸金属の酩酊の
あらゆるバッカスの巫女たちの躍動する通路である瞬間

さあ　列車よ　さあ　橋よ　さあ　夕食時のホテルよ
さあ　あらゆる機械よ　鉄の　原始的な　小さな機械よ
精密機器　粉砕機械　掘削機
圧搾機　ドリル　輪転機よ
さあ　さあ　さあ　さあ
さあ　電流よ　物質の病んだ神経よ
さぁ　さぁ　無線電信　無意識の金属的共感よ
えいや　トンネル　えいや　運河　パナマの　キール
の　スエズの運河よ
えいや　現在のあらゆる過去よ
えいや　われらのうちにすでにある未来よ　えいや
えいや　えいや　えいや
国を超え繁茂する工場という樹に実る鉄と有用の果実よ
えいや　えいや　えいや　ほう　おー　おー
おれはなかにいるんだろうか　よくわからない　おれは
旋回し　回転し　機械となる

あらゆる列車に連結される
あらゆる波止場に引き揚げられる
あらゆる船のスクリューで回転する
えいや　えいやほう　えいや
えいや　おれは機械熱　おれは電流
えいや　レール　エンジン・ルーム　ヨーロッパだ
えいや　うらあ　すべてであるおれのために　すべての
　ために　機械よ　作動せよ　えいや
すべてのうえを　すべてとともに　跳躍せよ　それぇ

それぞれ　それぞれ　それぞれ　それぞれ
おーい　やーい　おーおーおーおー
Z-Z-Z-Z-Z-Z-Z-Z-Z-Z-Z-Z-Z-Z-!
ああおれはなぜ　あらゆるひと　あらゆる場でないの
か!

一九一四年六月、ロンドン

（ニュートンの二項式は…）

ニュートンの二項式は　ミロのヴィーナスに劣らず美しい
ただ　それに気づくひとがほとんどいないだけ

óóóó……óóóóóóóóó……óóóóóóóóóóóóó

（そとは風）

（シボレーのハンドルを握り…）

シボレーのハンドルを握り　シントラへの道を走る
月が輝き　まるで夢のなか　街道には誰もいない
たったひとり　おれは走る　ゆっくりと　すると
そんな気がしてくる　気がしてくるように努めてみる
別の街道　別の夢　別の世界を走っているのだと
後にしたリスボンも　行く先のシントラもないのだと
ただひたすら走る　走る　止まらずに　ただひた走るのだと

今夜はシントラで過ごす　リスボンでは過ごせないから
だが　シントラに着けば　リスボンにいないことを悔やむだろう
いつも　理由も一貫性も意味もないこの不安を　感じる
いつも　いつも　いつも
この　些細なことへの　精神の過剰な不安を覚えるのだ
シントラへ向かう道で　夢の道で　人生の道で……

ハンドルを握り下意識の動きに素直に従って

おれの下を　おれとともに　借り物の車は突き進む
象徴のことを考えながら　象徴に微笑み　右に曲がる
なんと多くの借り物でおれは世界を進んでいくことか
まるで自分の物のように多くの借り物を使うことか
それにおれ自身　ああ哀れなおれ　借り物ではないか

左には荒ら屋が——そう荒ら屋が——道端にある
右には田舎の景色が広がり　遠くには月が見える
さっきまでは　自由の感覚を与えてくれたこの車が
いまでは　おれを閉じ込めるものとなる
運転しているのではなく　閉じ込められているのだ
制御できるのは一体のとき　車と一体のときだけだ

左の質素を通りこして貧相な荒ら屋の向こう側では
人生は幸福なはずだ　それはおれの人生でないのだから
荒ら屋の窓から見るやつは夢想することだろう　おれの
　ことを　幸福なやつ　と
ひょっとして二階の窓の向こうで外を見ている子どもに
　は
ほんとうの夢（借り物の車のために）お伽話に見える
　かもしれない
ひょっとして一階の台所の窓から
エンジンの音を聞いて外を見た若い娘にとっては
娘ならだれでも夢見る王子さまなのかもしれない
窓越しに眺めるだろう　おれの姿が消えて去るまで
夢を残していくのはおれなのか　それとも車が残すのか

借り物の車に乗るおれ　おれの運転する借り物の車か

月の下シントラへ向かう道で　悲しく　田舎と夜を前に
　して
借り物のシボレーを絶望的に運転しながら
おれは未来の道に迷い　走破した距離のうちに消失する
そして　凄まじい欲望に駆られ　突然　激しく　おそろ
　しく
アクセルをふかす……
なのに　心は残っている　さっき無意識に避けた石のと
　ころに
荒ら屋の扉のところに
おれのからっぽの心は

おれの満たされない心は
おれ自身より人間らしく　人生より正確なおれの心は
シントラへの道　真夜中近く　月の下　ハンドルを握り
シントラへの道　おれの想像力はなんと疲れることか
シントラへの道　一刻ごとに　シントラに近づき
シントラへの道　一刻ごとに　おれ自身から遠ざかる……

（あらゆるラブレターは…）

あらゆるラブレターは
滑稽なのだ
でなければ　ラブレターではない
滑稽なのだ

おれもラブレターを書いていた時期がある
みんなと同じように
滑稽なのだ

ラブレターに　愛がこもっていれば
それは必然的に
滑稽なのだ

でも　じつは
ラブレターを
一度も書いたことがない者たちだけが
きっと
滑稽なのだ

おれがそうとは知らずに
ラブレターを
書いていたころみたいに
おれはきっと
滑稽なのだ

ほんとうはいま
あのラブレターの
記憶が

たぶん
滑稽なのだ

（おそらく大袈裟な文字はみな
大袈裟な感情と同じように
しぜんと
滑稽なのだ）

先延ばし

あさって　そう　あさってなら　きっと……
おれは明日という一日を　あさってを考えて過ごすだろう
そうすれば　すべてが可能になる　でも　今日はだめだ……
いや　今日はだめだ　何もかも　今日は　できない
おれの客観的主観性の曖昧な持続
おれの現実のうちに割り込んでいる眠気
何もしないうちに訪れる無限の疲れ
電車に乗るときに誰もが感じる疲れ……
あの種の魂の状態……
あさってなら　きっと……

今日は　心の準備をすることにしよう
明日　次の日のことを考えるための心の準備をしよう……
決定的なのはその日なのだ
計画はすっかりできている　いや　今日は　まだ計画しない……
計画を練るのは　明日がいい
明日になったら　デスクに向かい　世界征服の案を練る
そして　あさってこそ　世界を征服するのだ……
おれは泣きたい気分になる
とつぜん　内側から　泣きたい気分になる……
いや　これ以上知ろうとしてもだめだ　秘密だ　おれは言わない
あさってなら　きっと……
子どものころ　日曜にあるサーカスを　週のあいだずっと楽しんだものだ

いまでは　ただ子どものころ週のあいだに楽しんだ日曜
　日のサーカスだけがおれを楽しませる
あさってになれば　おれは別人になるだろう
おれの人生が勝利をおさめるだろう
知的で　教養があり　実践的な　真のおれの全性質が
告示のようにはっきりと現れることだろう……
しかしその告示が掲げられるのは明日だ……
今日は眠りたい　告示は明日　作ることにしよう……
今日は　子どものころのどんな見せ物を見なおそう
　か……
切符を買うのは明日でいい
出し物はあさってなのだから……
そのままではない……
あさってになれば　明日身につけたよそゆきの態度で振
　る舞おう
あさってになれば　今日はけっしてなることのできない
　自分に　遂になるのだ
あさってなら　きっと……
野良犬が寒さに襲われるように　おれは眠気に襲われる
とてつもなく　眠い
明日　きみに話そう　あるいは　あさってになった
　ら……
そう　たぶん　あさってなら　きっと……
未来……
そう　未来だ……

（好きになるのが…）

好きになるのが好きになるのが好きだった
ちょっと待って……煙草をとってくれるかな
そのナイトテーブルのうえにある箱がある
つづけて……きみの話では
カントからヘーゲルにいたる
形而上学の発展のうちで
あるものが失われたというわけだ
もちろん　ぼくもまったく賛成だ
うん　しっかりと聞いていたよ

「いまだ好きになってはいなかったものの　好きになることが好きだった」（聖アウグスティヌス）
観念連想というのはなんて奇妙なものだろう
別のことを感じるという考えには疲れたよ
ありがとう　火をつけるのでちょっと待ってくれ　さあ
つづけて　ヘーゲルは……

音楽について

ああ　すこしずつ　老木のあいだから
姿が立ち現れ　おれは考えるのをやめる……
すこしずつ　おれ自身も　おれの苦悩から　立ち現れる
二つの姿は　湖畔の開けた場所で出会う……
……夢見られた二つの姿
じっさい　それは月の光と私の悲しみにすぎない
そこに何かが重なる
存在することの結果が……
ほんとうのところ　二つの姿は出会ったのだろうか
湖畔の開けた場所で
（しかし　それらが存在しないとすれば……）
……湖畔の開けた場所で……

心的印刷術（心理的印刷術）

象徴　すべてが　象徴だ……
たぶん　すべてが象徴なのだ……
おまえもまた　象徴なのかもしれない
おまえに追い払われたおれは　おまえの白い手を見る
英国風のマナーで　テーブルクロスのうえに置かれた手を
おまえから独立した人びと……

おれは彼らを見る　彼らもまた象徴なのだろうか
だとすれば　世界全体が　象徴であり　魔術なのか
たぶん　そう……
そうであってもおかしくはない

象徴……
おれは考えることに疲れた……
おれはついに　おれを見るおまえの目のほうに目を向ける
おまえは微笑む　おれの考えをお見通しだと思って……

なんということだ　おまえにはわからないのか……
おれは象徴のことを考えていたのだ……
おれはテーブル越しのおまえの言葉に忠実に答える
"It was very strange, wasn't it?"
"Awfully strange. And how did it end?"
"Well, it didn't end. It never does, you know."
そう　you know……おれは知っていた
そう　おれは知っていた……
これは象徴病だ　you know
Yes, I know
なんとも自然な会話……だが象徴は？
おれはおまえの手から目をそらさない……この手は誰だろう
なんということだ　象徴……象徴だ……

（象徴だって…）

象徴だって？　うんざりだ　象徴なんて……
すべてが象徴だ　と言う連中がいる
だが　おれにとっては　すべてが何も語らない
何の象徴だというのか　夢だろうか——
太陽は象徴　そうだとしよう……
月は象徴　そうだとしよう……
大地は象徴　そうだとしよう……
だが　誰が太陽に注目するだろう　雨の後でもなければ
雲のあいまから陽が射し　空の青へと
事物の後ろから　合図をするときでもなければ
誰が月に注目するだろう　月の光が美しいと思うときで

もなければ
それとて光であって　月そのものではない
誰が大地に注目するだろう　そのうえを歩いているのに
大地のことを　草原とか　木々とか　丘などと
本能的に貶めて　言うのだ
海だって　地の一部なのに……
よろしい　それらすべてが象徴だとしよう……
しかし　太陽や月や大地は　自分以外の何の象徴なのか
この早くも訪れた夕暮れ　青みがかった西の空に
雲の切れ端の合間に陽は傾き
月はすでに反対側に　神秘的な姿を現し
そして昼の名残りの光が
街角にぼんやりと佇むお針子の髪を金色に染めている
かつての恋人との待ち合わせ場所なのだろうか
象徴だって……おれは象徴などいらない……
おれの望みはただ――なんて不幸で孤独な女だろう――
女を捨てた恋人が彼女のもとに帰ってくること

（その家には…）

その家には電気が通っていなかった
それで　蠟燭の青白い光で
ベッドのなかでおれは読んだ
手近にあった本を――
その聖書は　ポルトガル語版で（奇妙なことに）新教
　徒向けのもの
おれは「コリント人への第一書簡」を再読した
まわりには田舎の濃密な静寂がたちこめ
そのせいでかえって音が異常に響いた
おれは悲嘆にくれて涙が出そうになった
「コリント人への第一書簡」……
太古からの蠟燭の光で読みなおすと
心の底に感情の大潮が満ちてくるのが聞こえた
おれは何ものでもない……
おれは虚構だ……
自分や世界のすべてをどうしようというのか
「もし　わたしに慈愛がなければ」

至高の光明が命じる　幾世紀を超えて
魂を解き放つ偉大なるメッセージが……
「もし　わたしに慈愛がなければ」
おお神さま　幸いおれには慈愛はなかった……

（おれは仮面をはずし…）

おれは仮面をはずし　鏡のなかの自分の顔を見た……
何年も前の子ども
まるで変わっていない……
これが　仮面が取りはずせる便利な点だ
いつでも子ども
過去が
子どものままなのだ
おれは仮面をはずし　ふたたび仮面をつける
このほうがいい
こんなふうに　仮面になると
いつもに戻った気がする　始発点に戻るように

不眠

眠れない　どうしたって眠れそうにない
たとえ死のうちでさえ　眠れそうにない

不眠がおれを待っている　星々の長さの不眠が
世界ほどの大きさの無益なあくびが

眠れない　夜目覚めたとき　本を読むこともできない
夜目覚めたとき　書くことができない
夜目覚めたとき　考えることができない
なんてことだ　夜目覚めたとき　夢さえ見られない

ああ　別人になれたら　阿片みたいにぐっすりなのに

眠れない　横になり　目覚めた死体のように　感覚する
それなのにおれの感情は空っぽの思考だ
起きた出来事が姿を変えておれを通り過ぎる――
すべてを後悔し　すべてがおれを責め立てる――
起きなかった出来事が姿を変えておれを通り過ぎる――

すべてを後悔し　すべてがおれを責め立てる――
無であるものが　姿を変えて　おれを通り過ぎる
それさえも　おれは後悔し　おれを責め立てる

煙草に火をつけるための力さえない
寝室の壁を　まるで宇宙であるかのようにじっと眺める
外には　これらすべての事物の沈黙がある
他の機会なら　恐れを感じさせる大いなる沈黙
他の機会なら　おれに何かを感じさせただろうに

おれはじつに感じのよい詩句を書いているところだ――
何ひとつ言うべきことがないという意味の詩句を
そのことだけを執拗に言う詩句を
詩句　詩句　詩句　詩句　詩句……
詩句ばかりだ……
だが真実は　そして人生はそっくり外　おれの外だ

眠いのに眠れない　感じているのに　何を感じているか
　わからない
おれは　感じている当人がいない感覚だ

対象のない自己意識の抽象だ
欠けている　意識を感じるのに必要なものが
欠けている――ただ　それが何かはわからない……

眠れない　眠れない　眠れない
巨大が眠気が　頭いっぱいに　目のうえにも　魂のうち
　にもあるのに
巨大な眠気がいたるところにあるのに　眠れない

おお　曙光や　遅いぞ　……早く来い……
来てくれ　無駄であっても
今日と同じ日をもたらし　そして今夜と同じ夜をもたら
　してくれ
哀しい希望の悦びをもたらしてくれ
おまえはつねに陽気で　希望をもたらす
古い感覚の文学によれば　そうなのだ

来てくれ　希望をもたらせ　希望をもたらしてくれ
おれの疲労がベッドに深々と沈み込む
脇を下にしなかったので　背中がいたむ

来てくれ　曙光よ　やって来い

何時だろう　わからない
時計に手をのばす元気がない
どんな元気もない　他のことをするどんな元気も……
ただ　この詩句のために　翌日書かれる詩句のために
そう　翌日に書かれるのだ
あらゆる詩は翌日に書かれる

絶対の夜　絶対の静寂　外部だ
宇宙全体に平穏が訪れる
人類は休らい　苦しみを忘れている
まさにそうだ
人類は愉しみも苦しみも忘れている
いつも言われるとおりだ
人類は忘れている　そう　人類は忘れている
目覚めていても　人類は忘れている
そのとおり　それでもおれは眠れない

（以上、澤田直訳）

自殺したいなら

自殺したいなら　なぜしようとしないのか
躊躇《ためら》うな　死と生を愛するおれも
自殺する勇気さえあればするだろう……
勇気があるなら　思いきれ
なにの役に立つというのか　われわれが世界と呼ぶ
外在するイメージの連続する絵が
一定のポーズをとり　慣習を踏みはずすことのない
俳優たちの演じる時間の映画
果てることなく我われを衝き動かすものの多色のサーカスが
お前の知らないお前の内的世界がなにの役に立つというのか
おそらく　自殺したときその世界をようやく知るだろう……
おそらく　死んだときからお前は……
いずれにしても　存在することが疲れるというなら
そうであるなら　高貴に疲れよ
おれのように　酔ったために人生をうたうようなことを

するな
おれのように　紙の上で死に挨拶の言葉をおくるな
必要とされている？　人間と呼ばれる虚しい影よ
必要とされる人間などいはしない　だれもお前など必要
　としていない……
お前がいなくなっても　すべてはお前なしで動いてゆく
　だろう
人びとに迷惑なのは　おそらく　お前の自殺よりお前の
　存在であろう……
おそらく　生きるのを止めるお前より生きているお前の
　ほうが重荷となるだろう……
人びとの悲嘆？　……もう心配しているのか
お前のために人が涙を流すのではないかと　安心するが
　いい
お前のために涙することなどほとんどないだろう……
生へと衝き動かすものが　徐々に涙を消すだろう
我われにかかわるものへの涙でないときは
ほかの人に起こったことのための　とりわけ他人の死の
　ための涙であるときは
死とは死の後でも　ほかの人にはなにごとも起こらぬ出
　来事だ……
まず人びとは嘆き　突然訪れた謎に
人びとの話題になることもあったお前が突然いなくなっ
　たことに驚く……
ついで　眼の前に忌まわしい柩
それから　そこに立ち合うべき務めを果たす喪服の人び
　と
それから　嘆き悲しみながら通夜をする家族
可笑《おか》しな思い出ばなしに耽り　お前の死を悲しむ
こうした悲嘆はたまたまお前が原因になったにすぎぬ
まぎれもなく死んだお前　自分で考えているよりはるか
　に死んでいるお前が……
たとえむこうでどれほど元気でいても
こちらでは自分で思っているよりはるかに死んでいるお
　前が……
それから墓地か墓への痛ましい出発
やがてお前の憶い出の死が始まる

まずだれの心にも訪れる　お前の死んだことの
どことなくうんざりする悲劇から解放された思いが……
それから人びとの会話も日に日にはずみ
毎日の生活も本来の姿をとりもどす……

こうしてお前は徐々に人びとの記憶から消えてゆく
記憶に甦えるのは一年にわずか二日
誕生日と命日の二度だけ
それだけ　それだけ　ほんとうにそれだけだ
一年に二度　人びとはお前のことを思い出す
一年に二度だけ　お前を愛した人びとが溜息をつく
あとはたまたまお前が話題になったときだけ

冷静に自己を見つめよ　あるがままの我われを冷静に見
　つめよ……
自殺したいなら　するがいい……
道徳的に悩んだり　知的な不安を抱くな……
生命のメカニズムにどんな悩み　どんな不安があるとい
　うのか
血の　血液の循環の　そして愛の原動力に

どんな化学的悩みがあるというのか
生命の快いリズムに他人のどんな憶い出があるというの
　か
人間と呼ばれる　あわれ　肉と骨からなる虚ろな存在よ
わからないのか　お前には重要性などなにもないことが

お前はお前にとっては重要だ　お前が感じるのはお前だ
　から
お前はお前にとってはすべてだ　お前にとって宇宙だか
　ら
だが宇宙そのものとほかの人びとは
お前の客観的な主観性の衛星なのだ
お前がお前にとって重要なのはお前にとって重要なもの
　がなにもないからだ　お前のほかに
そうであれば　神話よ　ほかの人もおなじことではない
　のか

ハムレットのように　未知なるものが怕《こわ》いのか
だがなにが知られているというのか　なにをお前は知っ
　ているのか

とくになにものかを未知なるものと呼べるほどに
フォルスタッフのように　生にたいして脂肪に充ちた愛着を持っているのか
生を物質的に愛しているのなら　愛せ　もっと物質的に
肉体によって大地と事物の一部となれ
撒き散らせ　夜に似た意識をもつ細胞からなる
物理・化学的体系たるお前を
肉体の無意識を意識する夜に似た意識のうえに
外観というなにものも覆っていない大きな被覆物のうえに
生物が生殖をくりかえす叢《くさむら》のうえに
事物の濃い原子の霧のうえに
世界の活力あふれる空虚を囲う
渦巻く壁に……

古代の人びとは

古代の人びとは加護を求めてミューズの名を呼び
我われは我われを呼ぶ
ミューズが現われたかどうか　それはわからぬ——
それは明らかに呼ばれたものとその言葉に因《よ》ったであろう——
だがわたしにはわかっている　我われが現われないことは
わたしは自分を井戸にみたて
これまでどれほど多くその井戸を覗きこんで
「オーイ」と弱よわしく呼んでみたことか　反響を聞くために
しかし聞こえたのは眼に映るもののみ——
頼りなげな底の水の映す
にぶい灰色……
なんの反響もなく……
ただぼんやりと顔だけ
わたしだ　ほかの人のはずがないから
ほとんど見きわめがたく
わずかに光となって見えるだけ
井戸の底に……
井戸の底の静寂と光ならざる光のなかに……

なんというミューズであることよ……

直線の詩

おれは殴られたことのある人を一人も知らない
おれの知り合いはすべて　なにごとによらず　これまで
　勝者だった

いくたびとなく賤しく　いくたびとなく愚かしく　いく
　たびとなく下劣だったおれは
いくたびとなく無責任なほど寄生虫的で
弁解の余地もないほど不潔であったおれは
これまでいくたびとなくシャワーを浴びることに我慢な
　らなくなったおれは
これまで滑稽で非常識で
人の前でエチケットの絨緞に躓き
不様で　下品で　卑屈で　傲慢で
侮辱を受けても　口を噤み
口を開けば　いっそう滑稽になったおれは

これまでホテルのメイドの眼に喜劇的に映ってきていた
　おれは
これまでポーターたちの眼配せを感じてきたおれは
金を借りながら返さず　金のことで恥ずべきことをして
　きたおれは
相手を殴るべきときがあっても　小さくなって
手がとどかぬところまで逃げていたおれは
ほんの些細な滑稽なことにも悩んできたおれは
はっきり知っている　この世界にこうしたおれとおなじ
　人間などいないことを

おれに言葉をかけてくれる知り合いはすべて
一度も　滑稽な振舞いをしたことも　侮辱をうけたこと
　もない人たちだ
どんな時も王者だった——ただ一人の例外もなく王者だ
　った——人生で……

できることなら　だれかの口からおれは聞きたい
罪でなく恥ずべき行為を告白する人間の声を
勇敢な行為でなく卑怯な振舞いを正直に語る人間の声を

しかしおれに語りかける言葉を聞けば　彼らはすべて
「模範人間」だった
この広い世界にいないのか　下劣な人間になったことが
　一度あると告白してくれる人間が
王者たちよ　我が同胞《きょうだい》よ

たくさんだ　半神たちはもうたくさんだ
この世界のどこに人間がいるのだ

ならばこの地上でおれだけか　嘲けり嗤うべき人間は

彼らはおそらく女に愛されたことはないだろう
裏切られたことはあっても——だが滑稽であったことだ
　けはなかった　唯の一度も
しかし裏切られることはなかったが　滑稽であったおれ
　は
どうすれば口ごもることなく立派な人びとと言葉をかわ
　すことができるのか
これまでいつも下劣な　文字通り下劣な
言葉の惨めで卑しむべき意味での　下劣な人間であった
　　　　　　　　　　　　　　　　　　　　　　　おれは

現実

そうだ　二十年まえ　わたしはしばしばここを通っ
　た……
なにも変わっていない——すくなくともわたしの見たか
　ぎりでは——
この町のこの場所は……

二十年になる！
あの頃のわたし！　いまとは違っていた……
二十年まえは。家々はなにも知らず……
無意味な二十年（無意味であったかどうかわたしにはわ
　からぬ！
無意味とはなにか　意味があるとはなにか　わたしにわ
　かるのか）……
失われた二十年（それにしても　二十年を活かすとはど

　ういうことだろう）。

わたしは頭のなかで再構してみようと努める、
あの頃のわたしを　二十年まえこのあたりを通っていた
　わたしが
どんなであったかを……
憶えていない　思いだせない。

あの頃ここを通っていたいまのわたしとは違う人が
いま存在したら　おそらくその人は憶えているだろ
う……
二十年まえここを通っていたわたし自身のことより詳し
く
わたしの知っている小説の登場人物のなんとおおいこと
か！

たしかに　時間は神秘だ。
たしかに　ひとはなにもわかってはいない。
そうなんだ　わたしたちはすべて船のうえに生まれたの
　だ。

そうだ　そうなんだ　それだけのことだ。おなじことだ
　がべつの言葉で言えば……

三階の窓　今とまったく変わっていないあの窓に肘をつ
いて
わたしより年上の少女が眺めていた、記憶では青い服を
　着て。

なにか変わったものがあるだろうか。
わたしたちはどんなことでも想像できる、なにも知らな
いことについては。
わたしは心身ともに動かない。なにも想像したくな
　い……

将来のことを楽しく考えながらこの坂道をのぼった日も
　あった。
存在しないものを明るい光で照らすのを神は許すからだ。
いま　この坂道をくだっても　過去のことを楽しく思う
　ことはない。

せいぜい　考えることもしないで……
わたしの感じでは　二人がこの道ですれ違ったようだ、
　あの時でなく今でもなく
だがまさにこの場所で。すれ違うのを時間に邪魔される
　こともなくだ。
わたしたちはたがいに相手を見た、いかなる関心もなく。
そして昔のわたしは向日葵のごとき未来を想像しながら
　道をのぼった。
そして現在《いま》のわたしは道をくだった、なにも想像しない
　で。

おそらくこれはほんとうに起こったことだ……
おそらくまぎれもなく起こったことだ……
そうだ　おそらく現実に起こったことだ……

そうなんだ　おそらく……

（以上、池上岑夫訳）

（池上岑夫編訳『ポルトガルの海——フェルナンド・ペソア詩選』一九八五年彩流社刊。増補版、一九九七年刊）

炭酸ソーダ

突然に、一個の苦悩……
ああ、何という苦悩、胃袋から魂にいたるまで何という
　嘔吐感！
僕の持ってきた友人たちは何という奴らだったことか！
僕が遍歴してきたすべての都市は何と空っぽだったこと
　か！
僕のあらゆる決意や目的にしても何という形而上学的肥
　溜だ！

一個の苦悩、
我が魂の表皮の悲嘆、
努力の日没における両腕のなす術もない落下……

拒絶する。
すべてを拒絶する。
すべて以上を拒絶する。
あらゆる神々も奴らの否定も終《つい》に断固として拒絶する。
だが僕に欠けているのは何か、この胃袋と血液循環に欠

けていると感じられるのは？
いかなる空虚な目眩がこの脳をくたくたにさせるんだ？

何物かを飲まねばならぬか　自殺でもしようか？
いや。僕は存在を続ける。へっ！　存在を続ける。
E-xis-tir…　（そん―ざ―いする…）
E-xis-tir…　（そん―ざ―いする…）

何てこった！　何たる仏教が僕の血を冷やすんだ？
あらゆる扉を開け放ったまま否認する、
このひとつの風景の前にすべての風景たちが対置される、
希望もなく、自由に、
脈絡なく、
事物の表面における首尾不一貫の事故、
単調で　しかるに眠たげで、
ところがあらゆる扉と窓を開けば何という風が吹きこむ
　ことか！
他人どもの　何という快適きわまりない夏！

飲み物をくれよ、喉なんか乾いてもいないんだが！

僕、僕自身

僕、僕自身……
僕、あらゆる疲労に充満している
世界が与えうるすべての疲労に。――
僕……
結局はすべてなのだ、なぜならすべては僕なのだから、
星だって、どうもそのように思えるのだが
僕のポケットから飛びだしては子供らを幻惑するの
　だ……
どんな子供らかは知らんが……
僕……
不完全？　無名？　天才？
さてね……
僕……
僕に過去はあったか？　もちろんあったさ……
僕に現在はあるか？　もちろんある……
僕に未来はあるか？　もちろんあるだろう……
今後いくらも経たぬうちに　この人生などは終わってい
い……

だがね、僕、僕は……
僕は僕だ、
僕は僕であり続ける、
僕……

（以上、管啓次郎訳）

（『世界文学のフロンティア5　私の謎』一九九七年岩波書店刊）

散文

ペソア散文抄

澤田直編訳

異名について

フェルナンド・ペソアの書くものは、それぞれ実名(ortónimo)と異名(heterónimo)と呼びうる二つの作品のカテゴリーに属している。しかし、それらを無名(anónimo)とか偽名(pseudónimo)ということはできない。それは事実に反することだ。偽名の作品は、異なる名前で署名されているとはいえ、作者がその人格において書くものだ。ところが、異名による作品は作者の人格の外にある。それは作者によって作られているとはいうものの、ドラマの人物の台詞がそうであるように、完全な個性を持っているのだ。

フェルナンド・ペソアによる異名作品は現在までのところ三人の名、アルベルト・カエイロ、リカルド・レイス、アルヴァロ・デ・カンポスによって書かれているが、この三人はいずれも彼らを作った人物とは別のものと見なさなければならない。三人のそれぞれは一種のドラマをなしており、それと同時に三人が全体としてさらに別のドラマをなしている。アルベルト・カエイロは一八八九年に生まれ一九一五年に死んでおり、ある明確な方向性をもって詩を書いた。(…)彼には二人の弟子がいる。一八八七年に生まれたリカルド・レイスはその様式化された作品の中に知的で異教的な側面を抽き出した。一八九〇年生まれのアルヴァロ・デ・カンポスは、彼自身が「感覚主義」と呼んだいわば感情的な部分を抽き出した。彼は様々な影響――カエイロの影響よりは少ないものの ホイットマンの影響など――のもとにしばしばスキャンダラスな作品を書いた。(…)すでに述べたようにこれら三人の詩人の作品はひとつのドラマティックな全体を形成している。これらの人物の知的相互作用はきちんと計算されているし、彼ら相互の人間関係もそうである。それらはいつか完成される彼らの伝記のなかに見出されるだろうし、出版される際にはホロスコープ、そして多分写真も附けられるだろう。つまり、これは人物によるドラマであり出来事によるドラマではないのだ。

(「伝記的素描」、「プレゼンサ」誌、一九二八年十二月十七日)

＊

異名者の起源には、私のうちにあるヒステリーの深い痕跡があります。たんなるヒステリーなのか、より正確には、ヒステリー性神経衰弱なのかはわかりません。どちらかと言えば後者ではないかと思います。というのは、私には意志欠如の現象が見られますが、これはたんなるヒステリーの場合には見られない徴候だからです。いずれにせよ、異名者の心的起源としては、私の離人症および偽装への器質的で恒常的な傾向があります。これらの現象は――私にとっても他の人びとにとっても、幸いなことに――心理化されています。つまり、実生活においては、他人との関係において外に現れることはないのです。もし私が女なら――女性の場合にはヒステリー現象は攻撃性などのうちで現れますから――アルヴァロ・デ・カンポスの詩はどれも（私の詩のうちで最もヒステリックにヒステリックな詩です）、周りの人びとにとっては警告サインとなったことでしょう。しかし私は男なので――そして男性の場合ヒステリーは主に心理的な様相を帯びるので、すべては沈黙と詩《ポエジー》のうちで完遂します。

以上のことから、私の「異名現象」の器質的な起源は「なんとか」説明ができます。こんどは、私の異名者たちがどのように生まれたのか、その物語をお聞かせしましょう。まずはすでに死んでしまった者たちから始めます。彼らのうちの何人かはもう記憶にも残っていません――ほとんど忘れられた少年時代の遠い過去の底に横たわっています。

子どものころから私はすでに自分の周りに虚構の世界を創り上げ、存在したことのない友人や知り合いに囲まれて暮らす傾向がありました――（存在しないのが彼らなのか、それとも私のほうなのかはわかりません。この点に関しても、他のこと同様、教条的であるべきではありません）。いわゆる私というものであって以来ずっと昔から、私にとっては目に見え、私たちがときには不用意に現実世界と呼ぶものから生まれた事物と同じくらい私に属していると思われる何人かの想像上の――それぞれの外的特徴、行動、性格、来歴をもった――人物を作り上げてきたのでした。この傾向は、私が「私」であるという記憶を持って以来ずっとあるのですが、私につねにつきまといました。私を魅了する音楽のジャンルが変わったとしても、魅了する仕方は変わりません。かくして、私は最初の異名者と思われる人物を今でもよく覚えています。最初の異名者というよりは、実在しない、最初の近しい存在とでもいうべきこの人は騎士《シュヴァリエ・ド・》パスという人物で、六歳だった私は、彼から私宛ての手紙を自分でしたためました。その姿は今でも薄れることなく、郷愁の果てで私の彼に対する幾ばくかの情愛は残っています。他の人物はもっとぼんやりとしていて、名前も忘れてしまいましたが、やはり外国の名前で、はっきりとは覚えていないのですが、この騎士パスのライバルでした……。

　こんなことは子どもには誰にでもよくあることでしょうか。たぶん――おそらくそうでしょう。しかし、私はそれをあまりにも強烈に生き、今でもそれを生き続け、いつも新たにそれは現実ではないのだと自分に言い聞かせる努力をしなければならないと思い起こす必要があるほどなのです。

　自分の周りに、現実と似た、しかし別の住民の住む別の世界を作り上げようとするこの傾向は、長いあいだ想像の域を出ることはありませんでした。この傾向はいくつかの段階を経ましたが、すでに成人になった後も残りました。理由はどうあれ、私自身とは、あるいは、自分がそうだと思っている私とはまったく異なる性格の人物が現れるのです。私はすぐさまごく自然に、まるで友だちのように、名前を発案し、来歴をつけ加えます。顔つき、背丈、服装、身振りなどの外見も浮んできます。こんな風に何人もの友人や知人を構想し、それが増殖し、彼らは現実にはけっして存在したことがないのに、三十年たった今でも、私には彼らが感じられ、見え――繰り返して言いますが――聞こえ、感じられ、見えるのです……。そして、彼らが懐かしく、不在が寂しく感じられるのです。

（私はいったん話し出すと――タイプで打つことは私にとっては話すことです――ブレーキがきかなくなります。もううんざりでしょう。すぐに文学上の異名者の誕生の話に移ります。それがあなたのお知りになりたいことなのですから。いずれにしても、ここまで書いたことは文学上の異名者に生を与えた母親が何であったかについて教えてくれたことでしょう。）

　一九一二年頃、私は異教的な性格を持った詩を書こうという気になりました。不規則な韻文でいくつか試してみましたが（アルヴァロ・デ・カンポスのスタイルではなく、半ば規則的なものでした）、結局放棄してしまいました。けれども、そのとき、ぼんやりとした薄暗がりのなかに、それらの詩を書いた人物の肖像をうっすらと垣間見たのです（知らぬあいだにリカルド・レイスが生まれていたのでした）。

一年半から二年後のある日、私は少々複雑な牧歌詩人をつくりあげ、それをあたかも実在する詩人であるかのように――どのようにかは忘れてしまいまいたが――紹介して、サ＝カルネイロを揶揄ってやろうと思い立ちました。数日を費やしましたが、うまく仕立てることができませんでした。ところが、それを諦めた日――一九一四年三月八日――私はふと背の高いたんすに近寄り、紙をとって、立ったまま（私がいつもできるかぎりそうしているように）書き始めたのです。そうして、私は、次々と三十篇ほどの詩をなんとも定義しがたい一種の忘我のうちに書き上げました。それは本当に私の生涯の勝利の日でした。あのような日は二度と来ないでしょう。私は「群れの番人」という題名《タイトル》から始めました。そしてそれに続いてきたものは、私のうちにおける誰かの出現だったのです。私はすぐさまその人物をアルベルト・カエイロと名づけました。――馬鹿げた表現をお許しください――私のうちに私の師が現れたのです。それが最初に感じた感覚でした。その感覚が余りに強烈だったので、三十数篇の詩を書き上げるやいなや、他の紙片をとって、同様に一気呵成にフェルナンド・ペソアの「斜雨」のうちの六篇を書いたほどでした。それもただちに、全体的に……それはフェルナンド・ペソア＝アルベルト・カエイロからたんなるフェルナンド・ペソアへの帰還でした。いやむしろ、フェルナンド・ペソアのアルベルト・カエイロとしての自らの非実在に対するリアクションだったのです。

一度《ひとたび》、アルベルト・カエイロが生まれると――無意識的、本能的に――私は彼に弟子たちを見つけてやろうとしました。私は彼の偽りの異教徒的態度から、潜在的だったリカルド・レイスを引き剝しました。私は彼に名前を見つけてやり、それを彼に似つかわしく――というのも、そのときすでに彼の姿は見えていましたから――合わせてやりました。それから突然、リカルド・レイスとは反対の派生としてもう一人の個人が猛然と現れました。

一息に、途切れることなく、直すこともなく、アルヴァロ・デ・カンポスの「勝利のオード」がタイプライターから湧き出したのです。その名をもったオードが、この名をもった男と同時に出現したのです。

（アドルフォ・カザイス・モンテイロ宛て書簡、一九三五年一月十三日）

＊

数年間、私は感じ方を発見するための旅をしました。私はすべてを見、すべてを体験したので、今なすべきことは、自分の精神に閉じこもり、文明を進歩させ人類の意識を広げさせるために私に可能なあらゆる領域でできうるかぎり働くことです。気をつけなければならないのは、あらゆるものに適応し、自分自身に対してつねによそ者であり、自分のうちで辻褄のあわない、あまりにも多様である私のこの危険な性格ゆえに、他に目をそらされないようにすることです。

もちろん、今でも筆名という形式でカエイロ＝レイス＝カンポスの作品を出版しようと思っています。これこそが、私が創造し、生きた文学そのものであり、それは感じられたものであるがゆえに、誠実なものであり、まちがいなく有益な影響を他の魂にもたらすことができるような流れをなすものです。私が誠実でない文学と呼ぶものは、アルベルト・カエイロやリカルド・レイスやアルヴァロ・デ・カンポスの文学のことではありません（この最後のカンポスはあなた好みの人物で、夕刻と夜の詩人です）。彼らの文学は、「他者の人格」において感じられたものであり、「劇的《ドラマティック》」に書かれてはいますが、誠実な（この言葉に私はたいへんな重みを置いています）ものです。それはリア王がシェイクスピア本人ではなく、彼の創造であるにしても、誠実であるのと同じことです。私が不誠実とみなすものは、ひとを驚かせるための作品や、根源的な形而上学の観念に根ざさない――いいいかいいいいか、これはとても重要なことです――作品です。つまり、人生の重みと神秘の概念が、たとえわずかな息のようなものであっても、見られない作品のことです。じっさい、カエイロやレイスやアルヴァロ・デ・カンポスの名前で書いた作品はすべて非常に真摯なものです。彼ら三人のうちに、私は人生に関する深い考察を、それぞれ別のしかたで、しかし、どの場合も、存在するという事実の神秘的な重要性に対する関心を込めて、投げ入れました。

（アルマンド・コルテス＝ロドリゲス宛て書簡抄、一九一五年一月十九日）

自分自身について

私の少年時代は平穏に過ぎ、良い教育も受けました。しかし、自分という意識をもったときから、自分のなかにある韜晦や芸術的嘘にたいする傾向に気づきました。これにあらゆる精神的なもの、神秘的なもの、オカルト的なもの、などといった結局のところ先の特徴のヴァリアントでしかないものを付け加えれば、私の人格が直観的に完璧に捉えられるでしょう。

＊

私はいまだかつて少年時代を懐かしく思ったことはありません。本当をいえば、何も懐かしく思ったことはないのです。その点で、私は本質的に、そして言葉の固有の意味において未来主義者です。悲観主義とは無縁で、後ろを振り向くことはありません。私の知るかぎり、そして気づいたかぎりでは、金銭的欠乏（一時的な）と嵐のときだけ（それが続いているあいだだけ）が私を落ち込ませます。過去に関して言えば、今ではいないかつて愛した人びとのことだけを懐かしく思います。生きていたなら達した年齢で今も生き続けてくれていたらと思うのです。

英語で書かれた日記から

私は哲学に突き動かされた詩人だったのであり、詩的才能にめぐまれた哲学者だったわけではない。私は、事物の美を嘆賞し、捉えがたいもののうちに宇宙の詩的魂を事細かに顕わにすることを好んだのだ。

大地の詩はけっして死ぬことはない。

（…）

私はかつて貪欲で熱烈な読書家だったが、今では読んだ本のどれひとつとして思い出すことができない。私の読書は、自分の考えや夢の反射、というか、夢を引き起こすものでしかなかったからだ。出来事や外部の事物の記憶さえおぼろげで、まるで辻褄があわない。過去の私の人生で心に残っている本の僅かなもののことを考えただけで震えだしてしまう。今日という日は夢にすぎないと考える個人である私は、今日という日のひとつの事物よりもさらに取るに足らないものだ。

私は読書の習慣から自由になった。私はもはや何も読まない。ときどき、新聞や軽い文学を少し読んだり、研究する気になった推論だけでは足らない主題についての技術的な論文を読むだけだ。

いわゆる文学作品に関しては、ほとんど放棄してしまった。教養のため、あるいは趣味として読むこともできるだろうが、学ぶことなど何もないし、読書のうちに見いだす類の楽しみは、自然に直接触れたり、人生を観察する楽しみによって十分補われている。（…）私は読書が一種の隷属的な夢であることを理解したのだ。夢を見るなら、自分自身の夢を見たほうがよいではないか。

（一九一〇年）

芸術論（アルヴァロ・デ・カンポス）

いかなる時代も他の時代に感性を継承することはできない。伝えることができるのはこの感性に関する知性だけだ。感情に関しては、自分は自分だが、知性に関しては、自分は他者なのだ。知性は我々を分散させる。それゆえ我々は自分を分散させるものを通して、生き延びるのである。どの時代も次の時代に与えるのは、自分がそれでなかったものだけだ。

異教的な意味での神、つまり真の神とは、ある存在が自らに関してもっている知性のことでしかない。なぜなら、自らに関するこの知性こそは、自分のうちにある非人称的なものであり、従って理想的なものだからである。我々は自分をひとつの知的概念と化すことによって、自らの神となる。しかし自分自身を知的概念と化すに至る者は少ない。知性が本質的に客観的なものだからである。天才たちの間でさえ、十全な客観性のうちで自分のために存在したものは少数である。

生きること、それは他人に属することである。死ぬこと、それは他人に属することである。生きることと死ぬことは同じことである。しかし、生きることが外部から他人に属することであるのに対し、死ぬことは内部から他人に属することである。二つは似通っているが、生は表で死は裏である。だから、生は生であり、死は死なのだ。なぜなら、表は、それが表だとわかった瞬間から、つねに裏より真実であるから。

あらゆる真の感情は知性のうちでは嘘である。というのも感情が生まれるのはそこではないからだ。あらゆる真の感情はそれゆえ虚偽の表現を持っている。表現するとは、自分が感じないことを言うことである。

騎兵隊を騎兵隊たらしめているものは馬である。馬がいなければ騎兵は歩兵になってしまうだろう。地点をつくるのは場所である。今の存在、それが存在である。

ふりをすること、それが自らを知ることである。

（「雰囲気」、「プレゼンサ」誌、一九二七年六月四日）

＊

一流の詩人は自分が実際に感じることを言い、二流の詩人は自分が感じようと思ったことを言い、三流の詩人は感じねばならぬと思い込んでいることを言う。

これは誠実さの問題とはいかなる関係もない。第一に自分が本当に感じていることなど誰にもわからない。我々は近親者の死に際して安堵を感じつつも、その場に適っているという理由で苦しみを感じていると思うこともある。多くの人はただ習慣に従って物事を感じるのであり、それは人間的誠実さという点からすれば全くもって誠実だ。しかし、彼らはいかなる度合においても知的誠実さをもって感じてはいない。ところが詩人において重要なのはこの知的誠実さなのだ。この点からすると、おそらく詩の歴史が始まって以来、たんに実際に感じるだけでなく、真に感じることを語った詩人の数は四、五人を上回らないであろう。最も偉大な詩人のなかにもこのようなことを一度も言わなかったし、言うことができなかったものもいる。とはいえ、幾人かの詩人はときに彼らが感じることを言った。ワーズワースはそここで言っている。コールリッジは一、二度は言っている。だから「老水夫の歌」と「フビライ・カーン」は、ミルトンの詩のすべてより誠実であるし、シェイクスピアの全作品より誠実だと言ってもよい。シェイクスピアに関して留保すべき点があるとすれば、それは彼が本質的かつ構造的に作意的であり、そのために彼の恒常的な不誠実さが恒常的な誠実さになることだ。彼が偉大なのはそのためだ。

三流詩人が感じるとき、彼はつねに義務感から感じる。彼は感動において誠実でありうるだろうが、そんなことはあまり意味がない。誠実であるべきなのはポエジーにおいてなのだ。詩句のなかに感じたものを投げこむ詩人もいる。彼らは、自分がそれを感じていないかもしれないなどとは思いもしない。カモンイスは彼の「美しき魂」の喪失に涙を流した。ところがそこで泣いているのは彼ではなくペトラルカなのだ。もし彼に真の感動あったなら、ソネットや十音節の詩句の代りに、新しい形式や新しい言葉を見出したことだろう。ところが彼は生きながら喪に服すように、十音節のソネット形式を用いたのだ。

これまでに存在した詩人で唯一完璧に誠実だったのは、我が師カエイロだけである。

（「偶然任せのノート」、「南西」誌、第三号、一九三五年十一月）

＊

あらゆる芸術は文学の一形式である。というのも、芸術は必ず何かを言わんとするのだから。何か言うための形式には二つある。話すことと沈黙することだ。文学ではない芸術は表現的な沈黙の投射である。文学以外の芸術においては、閉じ込められている沈黙の文章や詩や小説や劇を探さねばならぬ。ひとが、「象徴詩」と言うとき、その言い方は正確なのであって、けして比喩でも単純化しているわけでもない。視覚芸術に関しては問題はより複雑であるように思われる。それが線や面や色や並置や対置が言葉なしで造られた言語現象である、あるいは精神的な象形文字でつくられた言語現象であると考えるならば、視覚芸術をどのように理解すればよいかが少しわかるだろう。たとえ完全に理解するにいたらぬとしても、少なくともこれを解読することができる内容をもった鍵や魂を含んだ本をもつことができよう。当面のところ、それで十分である。

（「偶然任せのノート　続」、「プレゼンサ」誌、一九三六年七月）

芸術論から

一、芸術は誤った（偽りの）印象の明確な記述である

（正確な印象の明確な記述は科学と呼ばれる）。

二、芸術の過程はこの偽りの印象をまったく自然で真実なものに見えるように語る点にある。

アイスキュロスが海の「無数の微笑み」について語ったとき、彼はあらゆる観点から見て、ぞっとすることを言った。「微笑み」と「無数」という語を並列させることは、準文法的観点から見て許しがたい。

＊

誠実さは、芸術家が乗り越えねばならぬ大きな障害である。物事を文学的にのみ感じる長い修練と訓練によってのみ、精神はこの頂点にたどりつくことができる。

＊

――ただ芸術のみが有用なのだ。信仰や軍隊や帝国や態度、そういったものはすべて過ぎ去りゆく。ただ芸術のみが留まる。だから、芸術のみが、その持続によって、自らを見ることができるのだ。

「現代芸術、夢の芸術」

現代芸術の主要な特徴は「夢」という一語に要約できよう。現代芸術は夢の芸術なのだ。

現代は、思考と行動が乖離している時代だ。つまり、一方に努力の思考と理想があり、他方に努力そのものと実現とがある。中世やルネサンスには、エンリケ航海王子のような夢想家が夢を具体的に実現することができた。彼がそれを強烈に夢見るだけで充分だったのである。人間の世界はその当時は単純で小さかった。それに、近代になるまでは、世界もまた単純で小さかった。民主主義と呼ばれるこの複雑な力など知られていなかった。産業革命と呼ばれるものによって産み出された集中的な生も知られていなかった。帝国主義を引き起こすことになる諸発見による現実の拡大も生の離散も知られていなかった。現在、人間の外的世界はこの三つの恐ろしい複雑さのうちに埋没している。どんなちっぽけな夢にも、たちまちそれが不可能だという思いが不可避的についてまわる（中世においては、無知自体が夢の活力だった）。現在では、すべてがどのようなものであり、なぜそうなのか、科学的に正確に説明されてしまう。アフリカ探検は冒険だが、もはや恐ろしいものでも驚異的なものでもない。かつては、極地の発見に出発することは生命の危険を意味していたが、今ではそれは終った。我々の生においては、神秘の部分は死んでしまったのだ。アフリカ探検に行く者や、極地に行く者は、自分がどんなものに遭遇するだろうかなどと考えて怯えることはもはやない。彼らは既知のものか科学的に認知可能なものにしか出会わないことを知っている。もはや果敢さはなく、あるのは巧みなボクサーの勇気だけだ。それで、現代の飛行家や探検家の最も無謀な帰途や計画すら、凡庸で滑稽なものに見えてしまうのだ。というのも、科学のひとは実践のひとだからである。それに対して、古代の偉人たちは夢のひとであった。

人間は小さくなっていく。それにつれて少しずつ、支配することは、管理したり指導することになる。

＊

現代芸術が〈個人の〉芸術になったときから、その論理的発展はより一層その内面化のほうへ――より増大する夢、つねに夢のほうへと進んだ。

＊

現代の最も偉大な詩人は夢を見る能力に最も長けている者であろう。

＊

夢想家の本性はいくつかの顕著な特徴によって顕われる。最も明白なのはその性の欠如あるいは性の回避である。それは事物の正常さや現実性に対する彼の無能力の最たる表現である。

＊

現代芸術と呼ばれているものや、現代芸術と見なされているものは、実はある芸術の始まりでしかない。――あるいは文明の発展における二つの段階の移行的なものでしかない。ロマン主義と呼ばれるものと現在ますます加速しながら頂点へと向かっている芸術のあいだの移行的なものである。

＊

エンリケ航海王子は完璧な夢想家の典型だった。彼は完全な夢想家だった。――その性の欠如から、必要とあらば容赦なくすべてを犠牲にする仕方にいたるまで。だが、彼は夢見ることが可能な時代に生きたのだ。

＊

今日ではひとは実現不可能なことしか夢見ない。現在では実現可能なことは科学的に実現可能なのであり、科学的に何かであることは夢見る素材とはなりえないのだ。

現代芸術、ポルトガル

「「オルフェウ」誌の目的は」、時間的に空間的にもコスモポリタンな芸術を創造することだ。我々はいま、世界中の国が物質的にはかつてないほど、そして知的には史上初めて、相互に嵌入しあう時代を生きている。アジア、アメリカ、アフリカ、オセアニアのうちにはヨーロッパが存在するし、ヨーロッパのただ中にこれらの国が見られる。地球全体の縮図を見たければ、ヨーロッパのどんな港でもいいから、その波止場に――例えばここリスボンのアルカンタラ波止場でも――立ちさえすればいい。このような現象はきわめてヨーロッパ的であり、アメリカ的ではないと思う。じっさい、このような種類の文明の基礎と起源であり、その種類と方向を他の世界に与える文明地帯は、アメリカではなく、ヨーロッパだからだ。

だからこそ、真の現代芸術は最大限に脱ナショナル化する必要があり、自らのうちに世界のあらゆる国を蓄積する必要がある。芸術が典型的に現代的になりうるのはこのような対価を支払うことによってのみである。我々の芸術のうちにアジア的懶惰と神秘主義、アフリカ的原始性、南北アメリカのコスモポリタニズム、オセアニアの超エキゾチズム、ヨーロッパの機械主義とデカダンを融合させ、交錯させ、交差させる。そして、このような自然発生的に行われた融合の結果〈あらゆる芸術の芸術〉、自発的に錯綜したインスピレーションが生まれるだろう。

（インタビュー原案、一九一五年）

＊

ポルトガル民族は本質的にコスモポリタンです。真のポルトガル人がポルトガル人だったためしはありません。彼はつねにすべてであったのです。ところで、個人にあっては、すべてであるとは全存在であることですが、集団にあってはすべてであることは各個人にとっては何ものでもないことです。文明の雰囲気がコスモポリタンなとき、たとえばルネサンスの時代にはポルトガル人はポルトガル人であることができたし、それゆえ個人であったし、貴族であることが可能でした。文明の雰囲気がコスモポリタンでないときは――ポルトガル人は個人として呼吸する力を失ってしまう。つまり、ただのポルトガル人になってしまうのです。

（…）ポルトガル芸術という言葉で理解しなければならないことは、そこにはポルトガル的なものが何もないということです。それは外国の芸術を模倣さえしてないのですから。ポルトガル的ということは、その語の品位ある意味においては、国民性などという無作法なものとは無縁にヨーロッパ的であることを意味します。ポルトガル芸術はヨーロッパがそこに自らの反映を見出し、鏡を忘れて自分自身をそこに認めるようなものでしょう。——ここでいうヨーロッパとは特に古代ギリシャと世界全体のことを意味します。ただ二つの国だけが——過去のギリシャと未来のポルトガル——たんに自分自身であるばかりでなく、同時に他のあらゆるものであることができる力を、神から授けられたのです。

（インタビュー、「ポルトガル」誌、一九二三年十月二十二日）

ファドについて

あらゆる詩は——歌というものは伴奏のある詩ですが——自分の魂に欠けているものを反映します。だから、哀しい民族の歌は陽気で、陽気な民族の歌は哀しい。

しかし、ファドは明るくも哀しくもありません。ファドとは、間《インターヴァル》のエピソードなのです。ポルトガル的魂が、まだ存在する前にファドを生み出し、望む力もなく、すべてであることを望んだのです。

力強い魂はすべてを運命に帰す。弱い魂だけが自らの意志などという存在しないものに期待するのです。

ファドは力強い魂の倦怠であり、信じていたのに、自分を捨てた神に対してポルトガルが向ける軽蔑の眼差しなのです。

ファドのうちで、彼方にいた正統な神々が帰還します。これこそが、セバスティアン王という人物の隠された深い意味なのです。

（ファドについてのアンケートに対する答え、一九二九年四月十四日）

婚約者への訣別の手紙

オフェリア

お手紙ありがとう。あなたの手紙を読んでつらく思うと同時にほっとしました。こういったことはつねに苦痛を伴うのでつらく思ったのですが、これが唯一の解決法ですから安堵しもしたのです。——ぼくらのどちらにとってももはや愛を正当化しえないこんな状況をこれ以上続けるべきではありません。ぼくはいまでも少なくともあなたに対する深い敬愛の念と変わらぬ友情を抱いています。あなたも同様の気持ちをぼくに対して持ち続けてくれるでしょうか。

オフェリアもぼくもどちらも悪くはないのです。もし運命に罪がありうるなら、悪いのは運命です。

時というものは、顔や髪を老けさせるのと同様、いやよりいっそう早く激情を老いさせるのです。多くのひとは、ただ愚かであるがゆえにそれに気づかないでいられるのですし、愛していると感じる習慣を身につけたから愛していると思い込んでいるにすぎません。もしそうでなければ、世の中に幸福なひとなどいなくなってしまうでしょう。より秀れた人びとはこのような幻想を育むことはできません。なぜなら彼らは愛が持続できないということを知っているし、それが終ったと感じるときにそれが後に残した敬愛や感謝の気持ちと愛自体とを混同して幻想を抱くことができないからです。

このようなことは辛いことです。しかし、苦しみは一時のことで、過ぎ去ります。それがすべてである生きること自体が、結局は過ぎ去るのだとしたら、人生の一部でしかない愛や苦しみやその他のことが過ぎ去らないことがあるでしょうか。

あなたは手紙のなかでぼくに対して不当でした。しかし、気持ちはわかりますし、恨んでもいません。きっと怒りにまかせて、そして多分悲しみのせいで書いたのでしょう。しかし、このような場合多くのひとが——男も女もです——もっと辛辣になり、もっとひどい言葉をつかいます。しかしオフェリアの場合は性格がいいから、怒っている場合でも意地悪ではありません。あなたが結婚して、もしあなたに見合うべき幸福に恵まれなかったとしても、それはあなたの罪ではありません。

ぼくに関して言えば……

愛は過ぎ去りました。でも、あなたに対する変わらぬ気持ちは持ち続けていますし、忘れることもけっしてないでしょう——信じてください、けっして——あなたの優雅な小さなシルエットとあなたの少女のような仕草を、そしてあなたの優しさも。もちろん、ぼくの勘違いということもあるかもしれませんし、あなたに与えたこういった性質はぼくの錯覚にすぎないかもしれません。しかし、そうだとは思わないし、もし錯覚だとしても、このような性質を与えたことが悪いとも思いません。

手紙やその他の品を返してほしいと思っているかどうかはわかりませんが、ぼくとしては、返さずに、あなたの手紙を死んだ過去の生きた想い出としてとっておきたい。すべての過去のように、歳月が不幸や幻滅でしかなかったぼくの人生の大切なものとして。

あなたは、卑しく低俗なひとのように振る舞わないでください。出会っても顔をそむけたりしないでください。想い出のなかに恨みを持ち続けないでください。子どものころ好きだった古い友だちのような関係でいましょう。大きくなってからは道が分かれ、別の恋をしたが、心の片隅に昔の無垢の恋の想い出を保ち続ける幼なじみのように。

というのも、あなたの言う「他の恋愛」とか、「他の道」といったものはあなたには関係があるけれど、ぼくには無縁だからです。ぼくの運命は、オフェリアちゃんがその存在を夢想すらしない他の「法」に従っています。ぼくの運命は譲歩もしなければ許しもしない師《マスター》たちにますます従っていくのです。

あなたはこんなことを理解しなくてもよいのです。ぼくがあなたのことを思っているように、ぼくのことをいつも優しい気持ちで思い続けてくれさえすればよいのです。

フェルナンド

（オフェリア・ケイロス宛て書簡、一九二〇年十一月二十九日）

詩人論・作品論

自分にとっての他人

オクタビオ・パス
鼓直訳

〈異名《エテロニモ》〉は文学者の着けた仮面ではない。「フェルナンド・ペソアの書くものは、われわれが〈本名《オルトニモ》〉によるものと〈異名〉によるものと呼び得るような、二種類の作品に属している。それらは〈匿名《アノニモ》〉のものとか、〈筆名《セウドニモ》〉によるものとか言うわけにはいかない。実際に、そうしたものではないからだ。〈筆名〉による作品は、別の名前で署名されている点を除けば、やはり作者自身のものである。〈異名〉による作品は、作者自身の外に在るものであって……」。ジェラール・ド・ネルヴァルはジェラール・ラブリュニーの〈筆名〉で、人間も一人なら作品も一つである。カエイロはペソアの〈異名〉の一つであって、両者を混同するわけにはいかない。これに近いものとしてアントニオ・マチャードの場合があるが、これもまた異なっている。アベル・マルティンとファン・デ・マイレナは百パーセント、詩人アントニオ・マチャードであるわけではない。彼らも仮面であるが、しかし透明な仮面である。マチャードのあるテクストはマイレナのそれと異ならない。更に言えば、マチャードはその虚構の存在によって支配されてはいない。これらは、彼のうちに住み、彼に反駁し、彼を否定する存在ではない。ところがカエイロ、レイス、カンポスらは、ペソアが書かなかった小説のいわば主人公である。「私は劇詩人です」と、彼はJ・G・シモンイシュ宛の手紙の中で書いている。しかしながら、ペソアとその〈異名〉の者たちとの関係は、劇作者もしくは小説家の作中人物との関係と同一ではない。ペソアは〈詩人としての作中人物〉の生み手ではなく、〈詩人の作品〉の作り手なのだ。この相違は重要である。カザイス・モンテイロも言うとおり、「ペソアは作品のために伝記を創造したのであって、伝記のために作品を創造したのでなかった」。それらの作品――そしてこれらと向き合い、これらを超え、これらに逆って書かれたペソアの詩篇――こそが彼の詩の営みなのだ。彼自身がその営みから生まれた作品の一つと化している。そして彼はこの一味《コトリー》の批判者たる特権をさえ持たない。レイスとカンポスはまあまあ丁重に彼を扱ってくれるが、テイヴェ男爵は挨拶をしないこともある。

文書係のヴィセンテ・ゲデスに至っては彼に似すぎていて、町の安酒場で顔を合わせたりすると、自分が少々哀れになるくらいだ。彼はいわば憑かれた魔術師である。自分の生み出した幻に取り憑かれてしまい、それによって視られている、或いは軽蔑され同情されているような気がしている。われわれの創ったものがわれわれを裁くのだ。

「アルベルト・カエイロは私の師である」。この言葉はペソアの全作品の試金石である。更に付け加えて、カエイロの作品こそペソアの肯定する唯一のものである、と言うこともできるだろう。カエイロは太陽であり、レイスも、カンポスも、ペソア自身も、その周囲を公転する。彼ら三人の中には、ささやかながら否定的もしくは非現実的な要素がある。レイスは形式を、カンポスは感覚を、ペソアは象徴を信じている。カエイロは何も信じていない。ただ存在する。太陽は自足した生命である。その放射するものの一切が熱と光に変化する視線であるが故に、太陽は視ることをしない。その裡にあっては思考することと存在することが一つのものであり、同じものであるが故に、太陽はそれ自身を意識しない。カエイロはペソアでないものの一切であり、更に言えば、いかなる近代の詩人もあり得ないものの一切、すなわち自然と融和した人間である。キリスト教以前の、そしてまた労働と歴史以前の人間である。意識以前の人間である。カエイロは単に存在するという事実によって、ペソアの象徴主義的な詩法だけでなく、あらゆる詩法を、あらゆる価値を、あらゆる観念を否定する。では、何も残らないのか？いや、文化の幻や蜘蛛の巣を払ったあとの、一切が残されている。世界が存在するのは、私の五感がそう教えるからだ。そう教えると同時に、私もまた存在することを告げる。そう、私が死ねば世界は死ぬ、しかし死ぬことは即、生きることだ。カエイロの肯定は死を抹殺する。意識を抹殺すると同時に、無を抹殺する。カエイロは、一切が実在するとは言わない。それは一個の観念を肯定することであるからだ。カエイロは、一切が存在すると言っている。そして更に、存在するものだけが実在すると言う。その他のものは幻覚である。カンポスは敷衍して言う。「我が師カエイロは異教徒ではなかった。異教そのものであった」。異教の観念、と筆者ならば言うところである。

カエイロはろくに学校に通わなかった。[1]〈唯物論の詩人〉と呼ばれていることを知った時、この理論の正体を知りたいと思った。カンポスの説明を聞いて、驚きを隠すことができなかった。「信仰の欠けた坊主の考えそうなことだ！　空間は無限である、とそれは主張している。きみはそう言うんだな？　一体どの空間を見て、そんなことを主張するんだ？」。弟子が茫然としているのを見て、カエイロは言った。空間は有限である、「限界を持たないものは存在しない……」。相手は反論して、「それならば、数はどうです？　三十四のあとには三十五が、その次には三十六が来る。以下、同じように……」。カエイロは哀れむように相手の顔をじっと見て、「しかし、それはただの数だよ！」と言った。そして恐るべき無邪気さ《コム・ウマ・フォルミダヴェル・インファンシア》で続けた。「三十四という数が現実に存在するかね？」。別のエピソードがある。「自分に満足しているかね？」と訊かれて、こう答えたというのだ。「とんでもない。満足しているよ」。カエイロは哲学者ではない。賢者である。いわゆる思想家たちに思想はない。賢者にとって、生きることと考えることとは別の行為ではない。したがって、ソクラテスや老子の思想を説明するのは不可能である。彼らは理論ではなく一握りの逸話や謎や詩を遺していった。プラトン以上に忠実な荘子は、哲学をわれわれに伝えるのではなく、若干の挿話を語ろうと努めた。哲学は物語と切り離すことはできない。それは物語に他ならない。哲学者の理論は反論を誘う。賢者の生は反論を許さない。真理は学ばれる、と語った賢者は一人もいない。すべての、ほとんどすべての賢者が語ったことは、唯一生きるに値するのは真理の体験であるということだ。カエイロの弱点はその思想ではない（弱さはむしろ彼の力である）。それは、彼自身が持ち合わせていると語る経験の非現実性である。

現実は手近なところにはないことや、（その獲得という行為の中で蒸発したり、観念や手段といった別のものに変化するという危険のあることを承知の上で）現実は苦心して獲得すべきだということなどを、カエイロに納得させることは困難ではないだろう。無垢な詩人は神話であるが、しかし詩を創る神話である。現実の詩人は、言葉と事物が同一のものではないことを知っており、だからこそ、人間と世界の危うい一体性を回復するために、様々なイメージやリズム、象徴や比喩によって事物を名指す。言葉は事物ではない。事物とわれわれの間に架けられた橋なのだ。詩人は言葉の意識、換言すれば、事物の真の現実のノスタルジーなのだ。確かに、言葉も事物に与えられた名である前に事物である。無垢な詩人の神話の中では、すなわち言語以前には、そのようなものだった。現実の詩人の曖昧な言葉は、言語以前のいわゆるパロールを、垣間見られた楽園の約束を想起させる。無垢なるパロール。すなわち、そこでは一切がすでに語られ、一切がげんに語られつつあるが故に、何事も語られることのない沈黙。詩人の言語は、無垢なるパロールであるその沈黙から養いを得ている。現実の詩人であり懐疑的な人間であるペソアは、彼自身の詩を正当化するために無垢な詩人を作り上げる必要があった。レイスとカンポスとペソアは死を宿命づけられた日付入りの言葉を、堕落と離散の言葉を語る。それらの言葉は一体化の予感もしくは郷愁である。その一体化の沈黙を背景に、われわれはそれらの言葉を聞く。弟子たちがその仕事を始める前に、カエイロが夭折するのは偶然のことではない。カエイロは彼らの基礎、彼らを支える沈黙なのだ。〈異名〉の中でも最も自然で単純なものが、最も現実的でないものである。現実性の過剰の故にそうなのだ。人間は、とりわけ近代の人間は、完全に現実的な存在ではない。自然や事物のように実質的な存在ではない。自己の意識は実質を欠いた現実である。カエイロは存在の絶対的な肯定であり、したがって彼の言葉は別の時代の、すべてが同じ一つのものであった時代の真実のように、われわれには感じられる。知覚し触知できる現在！　名指すと同時に、それは霧散してしまう！　カエイロがわれわれに示す無垢の仮面は智慧《サジェス》ではない。すなわち、賢者であることとは、われわれは無垢ではないと知り、それに甘んじることなのだ。ペソアはそのことを心得ることで、智慧に最も近いところにいた。

対極的な別の存在がアルヴァロ・デ・カンポスである。(2)カエイロは幼児や動物たちの永遠の現在に、未来主義者のカンポスは瞬間の裡に生きている。前者にとっては、その村が世界の中心である。コスモポリタンの後者は、至るところにあるあの非在の場に放逐されているので、中心を持たない。にも拘わらず、両者は似ている。ともに自由詩を書く。ともにぞんざいなポルトガル語を用いる。ともに月並な表現を恐れない。手で触れられるものしか信じない、ペシミストである。具体的な現実を愛しているが、その同類を愛してはいない。理想を軽蔑し、歴史の外で生きている。一方は存在の充実の中で、他方は極端な窮乏の中で生きている。無垢な詩人としてのカエイロは、ペソアがあり得なかったものである。放浪のダンディとしてのカンポスは、ペソアがあり得たが実際にはそうならなかったものである。両者はペソアの生の不可能な可能性なのだ。

カンポスの最初の詩の独創性は見せかけだけのものである。「勝利のオード」は一見、ホイットマンや未来主義の詩人たちに影響された見事な作品のように思われる。しかしこの詩を、当時のフランス、ロシア、その他の国々で書かれたものと比較すると相違が分かる(3)。ホイットマンは実際に人間や機械を信じていた。言い替えれば、〈自然人〉が機械と両立できないわけがないと信じていた。彼の汎神論は工業をも包括するものだった。彼の影響下に生まれた詩人の大多数はこの種の幻想に陥ってはいない。少数の者だけが機械を素晴らしい玩具だと思っていた。筆者が念頭においているのはヴァレリー・ラルボーやそのバルナブースであるが、彼はアルヴァロ・デ・カンポスにじつによく似ている(4)。機械にたいするラルボーの態度は快楽主義者のそれであり、未来主義者たちの態度は夢想家のそれである。未来主義者たちは機械を、いかさまな人類を破壊するもの、恐らく〈自然人〉を破壊するものと見做している。機械を人間化するのではなく、機械に似た新しい種を作りだそうと意図する。唯一の例外がマヤコフスキーであると思われるが、その彼にしても……。「勝利のオード」は快楽主義的でも、ロマンチックでも、勝ち誇った調子のものでもない。それは怒りと挫折の歌である。この点にその独創性はある。

工場は巨大で淫猥な獣の徘徊する「熱帯の自然」である。ホイールやピストンやベルトの無限に続く交合。機械的なリズムが激しくなるにつれて、鋼鉄と電気の楽園は拷問室に変わる。機械は破壊のための性器であり、カンポスはその高速のブレードによって粉砕されることを願う。この奇妙な光景は見かけほど幻想的ではないし、カンポスだけの妄想でもない。機械というものは生の営みの複製、単純化、多様化なのだ。機械がわれわれを誘惑し戦慄させるとすれば、それは、同時的に理性と無意識の感覚を与えるからである。機械はすべてをうまくやってのけるが、自分が何をやっているかは知らない。これは、近代の人間のイメージそのものではないだろうか？　しかし、機械は現代文明の一面でしかない。別の一面は社会的な交雑である。「勝利のオード」は最後は悲鳴で終わる。包みに、箱に、小荷物に、車輪になったアルヴァロ・デ・カンポスは言葉の能力を失う。ゼイゼイ、キーキー、カタカタ、トントン、ガタンゴトン、バンバン、と音を立てるだけだ。カエイロの言葉は人間や石や昆虫の統一性を、カンポスの言葉は歴史の脈絡のない雑音を想起させる。汎神論と汎機械論は、意識を抹殺する二つの方法なのだ。

「煙草屋」は回復された意識の詩である。カエイロは自問する、自分は何か？　カンポスは自問する、自分は何者か？　その部屋から表の通りを眺める。車、通行人、だ。すべてが現実的であり、すべてが空虚である。すべてが近くにあり、すべてが遠くにある。正面では、神のように自信にあふれ、神のように謎めいた微笑を浮かべ、恐るべき創造を終えた父なる神のように両手をこすり合わせる、タバコ屋の主人の姿がちらちら現われたり消えたりする。失業中だが気楽《セン・メタフイシカ》なもので、おしゃべりや食事を楽しみ、感動を表に出し、政治的な意見を口にし、祭日はきちんと守る男、エステヴァがその洞窟＝神殿＝小店にやってくる。カンポスはその窓辺から、意識の奥から二人の男を眺める。彼らを見ていると、自分を見ているような気になる。現実はどこに在るのだろうか？　俺の中にだろうか、それともエステヴァの中にだろうか？　タバコ屋の主人は微笑するだけで答えない。未来派の詩人であるカンポスは、唯一の現実は感覚であることを認めはじめる。それから数年後には、彼自身に現実性というものがあるか否か自問することになるのだが。

カエイロと違って、カンポスは全的な存在であろうとは願わない。あらゆるものであり、あらゆる場に在ることを思うだけだ。多数性への堕落は自己同一性の喪失の報いを受ける。リカルド・レイスはその師の詩に潜在する別の可能性を選びとる。カンポスが放浪者であるように、レイスは隠者である。彼の草庵は思想であり、形式である。思想は禁欲主義と快楽主義の混交したものである。形式は新古典派の詩人たちが好んだ風刺詩、頌歌、挽歌などである。ただし、新古典主義は郷愁、すなわち、自らを知らないか自らを偽装するロマン主義である。カンポスが讃歌よりはしだいに内省に近づく長い独白を綴るのにたいして、その友人のレイスは快楽や時のはかなさ、リディアの薔薇や人間の幻想としての自由、神々の空虚さなどを主題にした短い頌歌に磨きをかける。イエズス会系の学校を出た弁護士で、王党派で、一九一九年以降はブラジルに亡命した異教徒で、根っからの懐疑主義者で、ラテン語に堪能なレイスは時間の外で生きている。過去の人間のように思われるが、そうではない。時間を超えた智慧の中で生きることを自ら選んだのだ。シオランが先頃指摘したところによれば、われわれの時代は多くのものを発明したが、われわれに最も必要なものを創造しなかった。したがって、ある者たちがそれを東洋の伝統に、道教や禅に求めるのも不思議なことではない。現実に、それらの思想は古代末期の道徳哲学と同じ働きをしている。レイスの禁欲主義は、世界の中に在りながら、世界の外に在る一つの方法である。彼の政治思想も似たような意味を持っている。それは綱領ではなく、現代の状況の否定である。彼はキリストを憎まず、愛さない。キリスト教を忌み嫌う。ただし、結局のところ審美主義者である彼は、イエスを想うとき、「その痛ましい陰鬱な姿がわれわれに欠けている何かを与えてくれる」ことを認める。レイスの真の神は〈運命〉であり、人間と神話を含んでわれわれの一切がそれに支配されているのだ。

レイスの形式は、人工的な完璧さを誇るもののすべてと同じように、見事なものであり単調なものである。その短い詩の中に感じられるのは、ラテン語やギリシァ語の原典に親しんでいるという事実よりも、ポルトガルの新古典主義と英訳の「ギリシア詩選」の巧妙かつ洗練された混交である。レイスの措辞の正確さはペソアを驚かす。「カエイロの書くポルトガル語はまずい。「私自身」の代わりに「私自体」と言ったりすることもあるが、カンポスのそれはまあまあだ。レイスは私より上手だが、度を過ぎているとしか思えない神経質さを伴っている」。カンポスの無意識による過度の神経質さが、しごく当然な矛盾する動きによって、レイスの過度な精確さに変質しているのだ。

最もよく引かれるその詩の一篇の中で、ペソアは言っている、詩人は「完璧な偽装のすべを心得た人間であって、本当に感じている苦痛を苦痛であると装う結果になる」と。詩人は真実を語ることで、嘘をつく。嘘をつくことで、真実を証明する。われわれが目の前にしているのは詩学ではなく、信仰告白である。詩はその非現実性の暴露なのだ。

月光と茂みの間を、
静寂と木立の間を、
夜気と微風の間を、
一つの秘密が渡っていく。
我が心よ、その後を追え。

その渡っていくものとは、ペソアなのか、それとも別の人間なのか？　長い歳月と数々の詩を通じて、その問いかけは繰り返される。書くものが果たして自分のものであるのか、彼はそれさえ知らない。言葉を換えれば、たとえ自分のものであっても、じつは自分のものではないことを知っているのだ。「自分のものを自分のものであると、なぜ思い違うのだろうか？」。失われ、見いだされ、再び失われる自我の探求は激しい嫌悪で終わる。「嘔吐、無への意志。死なないが故に生きていること」

この視点からのみ、様々な〈異名〉の完全な意味は理解可能である。それらは文学的な虚構であり心理的な欲求であるが、しかしそれ以上の何物かでもある。ある意味では、ペソアがそうあり得たか、そうあろうと望んだものだ。別のより深い意味では、ペソアがそうあろうと望まなかったもの、個性なのだ。第一の方向では、〈異名〉はその作者の理想主義や知的な確信を一掃し、第二の方向では、無垢な智慧や公共広場、哲学する草庵などが幻想でしかないことを明らかにする。瞬間は未来と同じように安住しがたい。そして禁欲主義はひとの命を奪う道である。しかしながら自我の破壊は、これこそが〈異名〉の意味に他ならないが、秘められた豊饒さを挑発し解放する。真の砂漠とは自我である。われわれをそれ自身の裡に閉じこめ、その結果、亡霊と同居する苦しみをわれわれに強いるからだけではない。触れるものの一切を萎れさせるからでもある。本人にその積もりはなかっただろうが、ペソアの経験は、ネルヴァルやドイツ・ロマン派の詩人たちに始まる近代の偉大な詩人の伝統に繫るものだ。自我は障害物である。障害物そのものである。だからこそ、彼の作品にたいする単に美学的な判断はいずれも不十分なものでしかない。仮りに彼が書いたもののすべてが質的に同じではないとしても、すべてが、或いはほとんどすべてが、彼の探求の痕跡を留めている。彼の作品は未知なるものへの歩みなのだ。情熱なのだ。

ペソアの世界は此岸でもなく彼岸でもない。非在という言葉で彼を定義できるのではないか。仮りに不在によってある流動的な状態を、現前が姿を隠して非在が何か——現前するものがもはやそこになく、恐らく、存在するであろうと思われるものが僅かに顔を覗かせる瞬間——を予告する状態を考えるとしての話だが。都会の砂漠は記号で覆い尽くされている。小石は何事かを語りかける。風は語りかけ、灯の洩れる窓や街角のただ一本の樹は語りかける。すべてが何事かを語っているが、それは、筆者が語りかけるこの言葉ではなく別の何事かである。つねに別の何事か、決して語られない何事かである。

非在は単なる欠如ではなく、完全に姿を見せることのまずない存在の予感なのだ。秘儀的な詩と歌は一致する。非在の中に、われわれという非現実の中に、何物かが存在している。群衆と様々な物に囲まれて茫然としながら、詩人は旧市街の通りを歩いていく。公園に足を踏み入れる。木の葉がそよぎ、何事かを言いかけて……。いや、何事も語りはしなかった。黄昏の光の中の、世界の非現実性。すべてが動かない。何事かを待っている。詩人は、自己同一性などないことを知っている。ほとんど黄金色に輝いて見え、ほとんど現実のもののように見えるあの家並と同じように、また、時刻の中に宙吊りされたあの木立と同じように、詩人もまた自分の中から出ていく。が、他者は、分身は、真のペソアは出現しない。出現することは決してないだろう。他者などいないのだ。現われるのは、仄めくのは別のもの、名前のないもの、語られないもの、われわれの貧しい言葉が呼び求めるものだ。それは、詩だろうか？　いや、詩は後に残ってわれわれの慰めとなるもの、非在の意識である。ほとんど知覚できないが、再び何かの物音がする。ペソアか、未知なるものがそこまで迫っているのだ。一九六一年、パリにて。

原注

（1）カエイロは一八八九年にリスボンで生まれ、一九一五年に同じ町で亡くなった。その生涯のほとんどをリバテジョの別荘で送った。作品に『群れの番人』（一九一一―一九一二）、『恋する牧人――不完全詩集』（一九一三―一九一五）がある。

（2）一八九〇年十月十五日、タリーヴァの生まれである。この日付は彼の運星と一致している、とペソアは言う。高校で学んだ後、グラスゴーで造船学を修めた。先祖を辿ればユダヤ系。東洋への数度の旅行。人工楽園その他の体験。ホイットマン、カエイロ、そして彼自身、という三人の詩人が体現していると思われる非アリストテレス的な詩学の信奉者。モノクルを使用。一見冷静だが短気である。

（3）スペイン語圏では、ロルカやネルーダの世代まで同様な事態は生じなかった。確かに、偉大なラモン・ゴメス・デ・ラ・セルナの散文の例がある。われわれのメキシコではその萌芽、ささやかな萌芽が見られただけである。タブラダがそれだ。スペイン語圏の詩では、実際には一九一八年に現代詩が出現した。しかし、その創始者であるビセンテ・ウイドブロは、性質の全く異なる詩人である。

（4）ペソアがラルボーの詩集の存在を知らなかったとは到底思えない。バルナブースの決定稿は一九一三年のもの、サ＝カルネイロと盛んに手紙を遣り取りしていた年のものだ。ラルボーが一九二六年にリスボンを訪れた、という面白い事実がある。当時その都市に住んでいたゴメス・デ・ラ・セルナが若い作家たちに紹介し、彼らはラルボーのために一席を設けた。この出来事に当てた文章（『黄・青・白』中の「リスボンからの手紙」）の中で、ラルボーはアルマダ・ネグレイロスを絶賛しているが、ペソアの名さえ挙げていない。果たして、二人は顔を合わせたのだろうか？

＊このテクストはOctavio Paz, "El desconocído de sí mismo", in *Los signos en rotación*, Alianza Editiorial, 1971. からの抄訳である。

（「現代詩手帖」一九九六年六月号）

ひとりの子供が風景を横断する

アントニオ・タブッキ
堤 康徳訳

どんな秘密の小道を通って、少年に戻ったあのキリスト*はリバテージョ地方の丘の斜面にたどり着き、自らの本質を、白く塗られた田舎家に住んでいたアルベルト・カエイロに啓示したのだろうか。啓示を受けた師カエイロは、一九一四年に、今なお明らかにされていない教義を、アルヴァロ・デ・カンポス、リカルド・レイス、フェルナンド・ペソアという名の三人の詩人からなる結社《セナークル》に口授した。その教義は、おそらくデカダン的な詩学（じつはデカダン派以上にスピノザやフォイエルバッハに近い主張を展開するのだが）に由来するのかもしれない。つまり、詩人とは「神秘を見抜く少年」であるという考え、イタリアでは一八九七年の「マルゾッコ」誌に発表されたパスコリの散文にその宣言を見出し、ポルトガルでは、まず最初に、テイシェイラ・デ・パスコアイスのサウダージ主義、そのすぐあとに、ペソア自身の沼地主義《パウリズモ》に不明瞭なその定式化を見出した詩学のことである。あるいは、私たちの文化的地平においてはリルケやカンパーナ（そして、ことによると、ダヌンツィオなる人物）を意味し、ポルトガルにおいては、フェルナンド・ペソア（またも彼だ）の雑誌「オルフェウ」にその主導者を見出す、オルフェウス的でどことなくプラトン的なあの森に由来するものではないのだろうか。あるいは、それはやはり、この詩／宣言（このなかには、しかし、子供の形象の昇華とその無性性にもかかわらず、同性愛的な要素も見出すことができよう）において陶酔と秘儀的な残滓を振り払う前に、バッカス讃歌的でディオニュソス的な汎神論をたまたま横断していたのではないだろうか。この汎神論は、言うまでもなくとりわけニーチェを意味するが、ポルトガルにおいてはまたもやフェルナンド・ペソアを意味するのである。彼の異名者で、断片的作品『ポルトガルのネオパガニズモ』の作者、カスカイスの精神病院で狂死した哲学者アントニオ・モーラとしてのペソアを。

典拠の探求に正当性があるように見えるにしても、この少年の意味は、その複雑さと構造的な曖昧さゆえに、最も信憑性が高いと思われるそれらの典拠の合計のなかに汲み尽されないこともまた確かである。したがって、私たちの研究を仮定の系譜に限定することよりも、つまり、その子がどこから来るのかを私たちに示唆するような血液型の証明書に限定すること以上に、おそらくその最良の定義は、まさしく未来の予測のなかにある。その子がどこに行くのか、あるいは、どこに行けるのか、その情報を私たちに提供するような通行券のなかにあるのだ。ポルトガルの風景を横断するこの子供は、二十世紀の文化を横断して、沈殿物に表面が覆われ、その彷徨のなかで表面が変化する私たちの現在に到達するための概念の隠喩として用いたものであり、アルベルト・カエイロの『群れの番人』中最も「イニシエーション的」詩のひとつを読み解くためのひとつの提案なのである。それが非礼であるにしても、許容範囲内だと私には思われる。大人になったとき何をするかを彼に予告するには、幼い来訪者が、フェルナンド・ペソアのところで、アルベルト・カエイロが一九一四年に世界を観察していたあの丘の「白く塗られた一軒家」で休息したさいに、拾い集めた特徴をただたんに検証すればよいのである。

であるならば、人々の魂のなかでまどろみ、他人の夢とたわむれる傾向のあるこの永遠の子供に、不安定で居心地が悪く、おそらくは「原始的な」精神分析の未来を、予測せずにいられようか。礼儀知らずで神をも畏れぬこの妖精は、そのあどけない無邪気さと、奇蹟を行うあなどれない能力によって（あらゆる演繹法からカエイロを癒し、あらゆる文化的残滓から彼の視線を清め、彼にすべてを教えた）、それから数年後に、一冊の本のなかに主人公として住みつくために必要な資格をすべてそなえている。無秩序的で快活で魔術的な、人にはおよそ薦められないその本こそ、ゲオルク・グロデックの『エスの本』である。実は、ペソアの亡霊たちがジークムント・フロイトの巨大で厳格な病院を周到に避けて、流浪の魔術師のような分析家たちと友情を結ぶであろうことを予測するのに、さほど大きな想像力は必要としない。旅支度の能力がいっさい欠如していたために、パリやウィーンに向かう列車には一度も乗ることなく、テージョ川河口の片隅を離れなかった孤独なペソア。薔薇十字の神智学者にして、キリスト教が個人の魂を特権化することによって一掃してしまった集合的魂を代弁する反キリスト教者（アルヴァロ・デ・カンポスの「最後通牒」を見よ）であったペソアは、人間に作用を及ぼす神秘の力に魅了され、風変わりで想像を絶する療法に興味を寄せて、アプリオリに（明白なかたちで定式化されてはいないが、磁気の流れ、欲動、羊水、集合的無意識、汎心論が認められる理論を通じて）彼の理想的な「悪友たち」を選んでいる。彼の選んだ友人とは（もちろん実際に交際することはなかったが）、メスメル、オットー・ランケ、アルフレート・アドラー、グロデック、C・グスタフ・ユングである。もうひとり、とても古い友人がいる。彼についてフェルナンドはひそかに日記に論争的な文を記しはしたが、無二の親友である。それは、フロイトもユングもエスという名をまだ知らないときに、この「神聖なまでに人間的な子供」に洗礼をほどこした天才的哲学者、フリードリッヒ・ニーチェである。

しかし、天国における夕食後の倦怠から逃れてリバテージョの野原とアルベルト・カエイロの夢のなかをころがったこの腕白小僧が私たちに暗示するのは、未来の精神分析におけるエスだけなのだろうか。数年前にあるペソアの批評家が、愛好家の輪のなかで、仮定の表題を提起することによって、このポルトガルの詩人がヨーロッパの辺境で間借りした彼の部屋から二十世紀ヨーロッパ文化において先駆けたものすべてを検証するような体系的な仕事を発案したことがあった。〔O. Del Bene, *Algumas notas sobre Alberto Caeiro*, in "Occidente", LXXII, Lisboa 1968, pp. 129-135. 仮定の表題とは、『フェルナンド・ペソア、知られざる先駆者』（*Fernando Pessoa, Precursor Desconhecido*）である。〕たしかに、このポルトガルの大詩人は、事実上アンダーグラウンドな一作品が彼を狭い愛好者の輪へと追いこんだものの、その輪からすでに脱して、二十世紀最高の詩人のひとりとして国際的に認められている（それは彼の偉大さを早くから理解できた者たちのおかげでもある。「二十世紀最大の抒情詩人」、ジャンフランコ・コンティーニ。「人類が生んだあまりにも稀有な大詩人のひとり」、アンドレ・ブルトン。「ペソアは未知なるものの切迫である」、オクタビオ・パス。「彼の名前は、ストラヴィンスキー、ピカソ、ジョイス、ブラック、フレーブニコフといった、一八八〇年代に生まれた世界的大芸術家たちのリストに入れられることを要求する」、ローマン・ヤコブソン。「その個性の炸裂によって、彼は地球的次元にまで上りつめる」、アルマン・ギベール）。また、ペソアがその遅れてきた名声のなかで例外的な好評を博したのもたしかである。それにもかかわらず、彼の有名な旅行鞄のなかにいまだにしまわれているあまりに多くの未刊の原稿と、公刊されたテクストから立ち上がるあまりに多くの未知数が、あの熱狂的な批評家の切望した仕事をいまだに不可能にしているのである。しかしなお、背景にある暗示に、このテクストが呼び起こす、なにがしかの即興の暗示を加えることで、そのような仕事を再提起したいという誘惑にどう抗えばよいだろう。

私は、手短に、紙幅の関係から急ぎ足で、この詩を貫く視線に読者の視線を向けさせたいと思う。この純度の高い少年期に、二十世紀において（一九一四年の時点ではということだが）はいまだ未知のものと私には思われるひとつのものの見方がある。その本質は、見るという純粋活動にある。無情なまでに平静に事物を見つめるこの視線は、何を予告しているだろうか。これらの事物は何をあらわにするのだろうか。見られたときにたんに自分自身だけをあらわにするこれらの事物は。カエイロが『群れの番人』の二十九番目の詩で断言しているように、これらの事物が「意味をもたず、存在をもち」、その「唯一の隠された意味が、それらがいかなる隠された意味をもたないということ」ならば。たんなるひとつの視線であり、したがってひとつの視線以上のものであるこの視線は何を意味するのだろうか。そして、存在のみによって制約され、現勢態でも潜勢態でも偶有性でも実体でもないこの存在は、何を意味するのだろうか。ことによるとそれらは、二十世紀の哲学の根本的な直観を意味しているのだろうか。すでに、ハイデガー、ヤスパース、サルトルを意味しているのだろうか。

私の自信なさげな提案は、この疑問の前で立ち止まってしまう。それは、『群れの番人』中最も厳粛なテクストについてのこの私の紹介が、慎重に、そして私が思うに控えめに暗示する疑問である。私に残されたことは、このテクストの快楽と、アルベルト・カエイロの教えの魔力にいざなうことだけである。まずはじめに、彼の存在にかんする必要不可欠な情報を提供することによって。

ペソア自身によって編まれた略歴によれば（アドルフォ・カザイス・モンテイロが鋭く指摘したように、「この男は、作品のために伝記を創造したのであり、伝記のために作品を創造したのではない」。そしてその違いは決定的であると、オクタビオ・パスが、アントニオ・マチャードと比較して、強調している）、アルベルト・カエイロは一八八九年リスボンで生まれ、一九一五年に結核のため死亡した。それは、ペソアの死よりも二十年早く、異名として出現してから一年後のことだった（ペソアの脳裏に生まれたのは一九一四年三月八日）。金髪で顔は青白く、中背の男だった。病弱だったために、リバテージョ地方の村に引きこもり、老いた大叔母のもとで、その短い全生涯を過ごした。『群れの番人』のほかには、『恋する羊飼い』と題された詩的日記と、分散したさまざまな詩を書き残したが、これらの詩をアルヴァロ・デ・カンポスから託されたフェルナンド・ペソアが、『不完全詩集』という題名のもとに一巻に収めた。孤独で穏やかなこの人物の生についてほかに言及すべきことは、ポルトガル語を書くのが苦手で（小学校で学んだにすぎない）、文学サークルやサロンとは無縁の暮らしをしたことだけのように思われる。ただし彼は、異名者たちの家族のなかで、議論の余地なく最高位を占めている。彼らの師であったのだから。それだけではない。ペソアが断固として主張するように、カエイロは彼の師だったのだ（「このばかげた文章をお許しいただきたい。私のなかに私の師が現れたのだ」。一九三五年一月十三日のカザイス・モンテイロ宛の手紙より）。

いったい、この謎めいた師の教義の「意味」はなんだろうか。私は、オクタビオ・パスとともに、次のように考えたい。カエイロは私の師であるというペソアの主張は、「彼の全作品の里程標である」と。「さらにこう付け加えることができよう。カエイロの作品はペソアの行った唯一の肯定であると。カエイロは太陽であり、彼のまわりをレイスとカンポスとペソア自身が回っている。彼ら全員のなかに、否定と非現実のかけらがある。レイスは形式を、カンポスは感覚を、ペソアは象徴を信じている。カエイロは何も信じない。存在しているのだ」。

カエイロは何も信じない。ただ存在する……。老子やミラレパやソクラテスにとってそうであったように、カエイロの教義は、作品のなかというよりも、むしろ存在のなかにある。カエイロは詩人ではない。彼は教祖であり、グルである。おそらく人間ですらない。世界を観察する目である。それは、判読不能なレンズである。

＊タブッキはカエイロの『群れの番人』八番の詩を念頭に置いている。その詩では、天上の世界に飽きたイエス・キリストが幼児《おさなご》となって、丘に住む〈わたし〉のもとにやって来て住みつき、わたしに世界をありのままに眺めることを教える。

解説・資料

解説

澤田 直

ペソア・ウィルスとでも呼ぶべきものが確かに存在する。冒されてしまうと、なかなか治らない。その症状は多様だが、しばしば見られるのは、自分をペソアの異名者のひとりだと思いこんでしまう、異名者たちを作り出してしまう、ひどい場合には自分こそがペソアなのだと思いこむ。そして自分の住んでいる街をリスボンの下町バイシャや高台に見立てうろつきまわり、途中で一杯ひっかけてはぶつぶつと短いフレーズを呟いて、ノートにせっせと書きためるようになる。そんなひとが増加しているらしい。

ペソアの作品の魅力は、その一句一行が他人の書いたものとはとうてい思えず、これを書いたのは自分ではないかという気にさせる点と不可分である。ここには自分の話が書かれている、これは自分と同じだ、などと思ったことがあったらペソア・ウィルスに冒されたと疑ってみたほうがよい。

一八八八年リスボンに生まれ、ポルトガル・モダニズムの代表と見なされたものの、きわめてローカルな詩人でしかなかったフェルナンド・ペソアが世界的な存在となったのは死後百年たってからのことだ。世界がペソアに追いつくのに百年かかったわけだ。そして、いまペソア・ウィルスは世界中に広まっている。

古来、ペンネームで作品を書いた詩人作家は少なくないが、ペソアの特異性は、自分とは異なる人格、外見、来歴、文体をもった、彼自身が〈異名〉と呼ぶ存在を作り上げた点にあるのはまちがいない。研究者によれば七十は下らないと言う彼の創造した異名のうち、主なものはアルベルト・カエイロ、リカルド・レイス、アルヴァロ・デ・カンポスの三人、本アンソロジーには彼らの詩とペソア本人名義（より正確に言えば、同名者ペソア）の詩を収録した。そのほかにも詩を書く異名者がいないこともないのだが、他の人物に関しては一四九頁からの「WHO'S WHO」を見ていただくことにして、簡単に主要な異名者三人の特徴を紹介しておこう。

レイスとカンポス、そしてペソア自身からも師と見なされるアルベルト・カエイロは、若くして田舎に引き籠もった自然詩人で、代表作『群れの番人（羊飼い）』は長短四十九篇からなる牧歌詩集だ。牧歌詩人、だが、『群れの番人』なる詩集の原題 *O guardor de rebanhos* は、古代世界と同時にユダヤ・キリスト教的コノテーションも響かせる特異なタイトルだ。そもそも、rebanhos とは家畜の群れ、特に羊の群れを表わすほか、集合的にキリスト教の信徒も表わすのだが、カエイロは平然と言ってのける。「わたしは羊飼い［群れの番人］／わたしの飼っている羊の群れとはわたしの思考たち／わたしの思考とは　すべて感覚したもの」

したがって、牧歌詩人などという見せかけに騙されてはならない。カエイロは古代への回帰を単純に謳っているのではない。ここに見られるのはニーチェにも通ずるキリスト教と近代の批判である。カエイロの詩篇の特徴はその肯定性にある。そこには西洋近代に固有な、主体と客体、魂と身体、私と他者、思惟と行動、現象と本質といった二元論はない。近代の病が自我の病だとすれば、カエイロは自然そのものであり、永遠の子どもとして、世界をあるがままに肯定する。それは否定を対として持つ肯定ではなく、絶対的な肯定である。カエイロにおいては言うことと存在することの間に差がない。彼は神そのものなのだが、神秘主義者のように自分こそが神だなどと公言したりもしない。カエイロが詩を書くのは、これらの現象が見えるがままのものであり、それ以外のものではない、ということを言うためだ。つまり、背後世界の否定と感覚の絶対的肯定こそがカエイロの示す異教的世界なのである。

当時のポルトガルの文学界はテイシェイラ・デ・パスコアイスなどによる〈ポルトガル・ルネサンス〉運動が、〈サウダージ主義〉あるいは〈ルジタニア主義〉を提唱し、形而上学的で主観的な抒情詩が流行していた。カエイロはそのような風潮に真っ向から反対する。そんなものは異教の真似ごとにすぎない。カエイロの批判は端的に言えば、悪しきバロックの批判に他ならない。ポルトガル文学の最高峰と言われる詩人カモンイスに回帰するのではなく、カモンイスを超えなければならないのだ。ペソア自身が、カエイロのポルトガル語は決して巧くはなく、ややぎこちないと述べているのだが、確かに、同語反復が多く、たどたどしささえ感じられるカエイロの詩は独特な語り口に貫かれている。

それに対してリカルド・レイスの詩は端麗そのものだ。褐色の髪をもつレイスは、ポルト生まれだが、共和制を嫌ってブラジルに移住した医師で、異教的なエピキュリアン詩人だ。ポルトガル語にラテン語の原義をだぶらせたり、倒置や省略をふんだんに用いたりするレイスの詩の理想はホラチウスである。南アフリカはダーバンの英国高校でペソアが最も好んだ授業のひとつはラテン語であり、ラテン詩をミルトン風に英詩に翻訳するのに巧みだったというが、ペソアにおける古典的側面を究めたのがリカルド・レイスだろう。永遠の少女リューディアに語りかけるオード群は不思議な静謐さを湛えている。

レイスの詩は否定辞に満ちている。否定辞で始まり、否定辞で終わるような詩も少なくない。このように頻出する否定辞によってリカルド・レイスは世界を否定のセピア色に染めてしまうが、それは水墨画にも似た、フラットでありながら奥行きを感じさせる世界だ。ここで注目したいのはしばしば冒頭に置かれた nada（無）や não（否）という語の長音の響きが、否定を声高にではなく緩やかに発し（ポルトガル語に特有の優しさ）、その長く円弧を描く線によって nego（ワレ否定ス）が静かに叫ばれる点だ。レイスが提示するのは近代のネガ、清澄な古典の、古代風景である。カエイロが全肯定によって事物との一体化のうちに自我を否定したのに対して、レイスにおいては、否定する私自身は、デカルトの ego dubito（我レ疑ウ）のように、逆説的にも否定されざるものとしての確固とした存在であり続ける。よきエピクロスの徒として、レイスが自分に属さないものを属すると勘違いする臆見を厳しく斥けるのも、このような自己の在り方と関係している。彼のどのオードにもこのような古代的な〈知〉が通奏低音として流れるが、レイス自身は近代的な異教徒である。その行動基準は、この束の間、この瞬間のみを生きること。「過去の自分を想い出す時　そこに見出すのは別の人」と断言する彼は、瞬間における自己同一性によって辛うじて自我を見出すのだ。

アルヴァロ・デ・カンポスは、レイスが瞬間としての自分自身であろうとするのとは反対に、すべてであろうとする。至るところに遍在し、あらゆる人、あらゆる事物であろうとする。黒髪でマラーノ（ポルトガルの改宗ユダヤ人）的風貌をもつアルヴァロ・デ・カンポスは、タヴィラに生まれ、中等教育を受けた後、スコットランドで造船を学び、造船技師の資格を取得。東方旅行をした後、リスボンに住み着いた。レイスが近代的な自我の分裂を瞬間性のうちで救助しようとしたのに対してカンポスはこの複数性に進んで身を委せる。その意味で複数的詩人ペソアに最も近い分身と言える。カンポスは、異名者の中でも最もエキセントリックな人物だ。ポルトガル未来派の推進者の一人であり、論争が起これば、真っ先に攻撃を仕掛けるこの異名者は「非アリストテレス的美学」をはじめとする散文作品が多い点でも他の二人とは異なっている。カンポスもまた否定辞の多い作品を書いている。その否定は近代的であり暴力的なものだ。否定の否定による弁証法的展開がカンポスを常に留まることなく、動かし続け、猛スピードで彼を駆り立てる。

都会に満ち溢れる喧噪と機械の美を謳った典型的な未来派的作品「勝利のオード」に見られる時空間への自己の散種、「リスボン再訪」や「煙草屋」に見られる虚無感やアイロニー。カンポスの詩風は多様だ。今回は収録できなかったが、スティーヴンスン『宝島』へのオマージュとも読める「海のオード」ではまた違ったカンポスの少年のような顔が見られる。

以上に素描した三人の詩人たちが、それぞれ全く異なる詩法と人格をもっていることは、翻訳からでも見てとれよう。だが、ペソアが目指していたことは、たんにこのような様々なスタイルによって詩を書くことではなかった。これらの異名者たちが一緒になって、ひとつの劇的空間を創り出すことを構想していたのである。

「三人のそれぞれは一種のドラマをなしており、それと同時に三人が全体としてさらに別のドラマをなしている。(…)これら三人の詩人の作品はひとつのドラマティックな全体を形成している。これらの人物の知的相互作用はきちんと計算されているし、彼ら相互の人間関係もそうである」とペソアは述べている。

ペソアが構想していたドラマ、それは行為によらない、人物によるドラマだった。様々な人物が仮面をかぶって登場する劇場。レイスはカエイロの『群れの番人』に序文を寄せ、カンポスは「師アルベルト・カエイロの想い出」を書く。レイスの詩とカエイロの詩はその名も古風な「アテネ」誌に発表され、カンポスの詩はモダニスト系の雑誌に掲載されるといった細かい配慮もなされている。このような公の場だけではない。カンポスは時にペソアの代りに婚約者オフェリアに手紙を書いたし、ペソア自身、これらの異名者が実在するかのような発言もしばしばしている。このような壮大なオペラを通して、ペソアが目指していたのは、キリスト教的世界観及び同一性の幻想から脱出することだった。カエイロとレイスは、その古代への回帰によって、カンポスは近代の超克によって、そしてペソア本人はそれらを演出することによって、近代という物語を解体する。ペソアは言う、「私は神話の創造者になりたいのです。それこそ人がなしうる最高度の神秘ですから」

とはいえ、ペソアの詩的営為は初めからこのような多面体をなしていたわけではない。はじめ英語で詩を書いていた彼の手本はバイロン、キーツ、コルリッジ、シェイクスピア、ポーであり、その後フランスの象徴派、特にボードレールやヴェルレーヌに傾倒するようになる。その一方で、ホイットマンを読んで大きな衝撃を受けたが、その詩風は前衛的なものとは無縁なものだった。ペソアを感覚の世界に入れたのは一九一二年に知り合ったマリオ・デ・サ＝カルネイロだった。この年下の詩人によってヨーロッパの前衛に親しく接するようになったペソアは、それから一挙に感覚の解放に身を委せ、未来派、〈パウリズモ〉、感覚主義、交差主義と様々な流派を、留まることなく、通過していく。そして、停滞気味のポルトガルの詩壇の歴史をひとりで前近代からポストモダンまで牽引し、凄まじいスピードで駆け抜けたのだった。

だがそれだけなら、近代化の遅れた国ではしばしば起こる現象にすぎない。ペソアが特異である所以はやはり、異名詩人という稀有な企図によってであり、彼が Ficções do Interlúdio〈幕間劇の虚構〉と呼んだ異名詩人を配した新たな詩空間を構想したことによる。言い換えれば、彼が虚構の本質に触れたことによってだ。多くの論者が指摘するように、ポルトガル語のペソア pessoa という語が、劇の仮面を意味するラテン語 persona に由来し、人、人格、人称を表わし、フランス語における相関語 personne が「誰でもない」を意味することにはたんなる偶然以上のものがあるし、ペソア自身それに自覚的だった（ペソアの本名には Pessôa とアクセントがついていたが、それはある時からはずされた）。仮面としての語り、騙りとしてのわたし。ペソア作品の特徴を端的に示しているのが実名による有名な詩「自己心理記述」だ。

「詩人はふりをするものだ／そのふりは完璧すぎて／ほんとうに感じている／苦痛のふりまでしてしまう」

ここで「ふりをするもの」、finjidor はけして否定的なものではなく、言葉の最良の意味でのミメシスのことに他ならない。子どもはごく自然に自分のまわりのものを真似る。真似ることでそのものになりきる。未知のものを既知のものへと同化還元することなく、真の意味で、他者を他者として経験し、表現する能力、それがミメシスだが、近代はこのような素朴な模倣、擬態をプリミティブで誤った認識法として退けてきた。

芸術をミメシスという振る舞いの継承と見なしたT・W・アドルノが適確に述べたように、ミメシスを通じて主体は対象を経験し、対象の側はその主体を通じて自己を表現しうるようになるのに、近代的主体としての自己は、ミメシス的呪術をタブー視することによって、対象に本当に適合したミメシス的な認識をもタブーにしてしまったのだ。合理性は、同一律に根差し、「私は私である」という同語反復《トートロジー》から抜け出すことができず、未知なるものを理解することができず、あらゆる他者を理解不可能なものとして排除するにいたる。これが、ユダヤ人虐殺から、外国人労働者排斥までの様々なレベルに見られる合理性のもつ野蛮さの根底にある。

こうして見ていくと、「ふりをする」と一見正反対に思われる「誠実さ」がじつは表裏一体であることがわかる。「一流の詩人は自分が実際に感じることを言い、二流の詩人は自分が感じようと思ったことを言い、三流の詩人は自分が感じねばならぬと思い込んでいることを言う」とペソアは述べるが、〈わたし〉ではないなにかが感じているもの、その感じられているそのものの顕現、表現ではなく顕現の顕現、それこそがペソアの作品を貫くものであり、ペソアの作品が発する輝きである。だからこそ、読者は読み始めるやいなやそのなかで感じている。感じているのは〈わたし〉でも〈かれ〉でもない。感覚が感覚している。〈わたし〉ではなく、思考が思考するように。

だからこそ、いまペソア・ウィルスはさらに増殖を続けている。この本に触れるだけで、あなたも「ふりをする」ようになる。ペソアのふりをするようになる。この模倣《ミメシス》、擬態《ミミクリー》にすすんで身を任せること、それがフェルナンド・ペソアを味わい、感じることなのだ。

書誌

詩の訳出にあたっては、*Obras completas de Fernando Pessoa*, Lisboa, Ática, 1942-1974, 11 vols. を用いた。収録した詩は彼が残した夥しい量の一割にも達さないだろう。生前に雑誌に発表された少数の作品をのぞけば、ペソアの作品の多くは遺稿として死後出版されたものである。近年は草稿のファクシミリ版をはじめ、精密なエディション・クリティクの作業によって多くの新事実も明るみに出て、ペソア作品の相貌も変わりつつある。しかし、今回は死後最初に編纂され、長らく多くの本の底本となっていた詩全集を底本とした。

詩の多くは無題なので、一行目の冒頭を仮題として（　）に入れて記しておいた。

散文に関しては、*Páginas Íntimas e de Auto-Interpretação*, Lisboa, Ática, 1966 ; *Páginas de Estética e de Teoria e Crítica Literárias*, Lisboa, Ática, 1966 ; *Cartas de Amor de Fernando Pessoa*, Lisboa, Ática, 1978 などを底本として使用した。

ペソア作品の訳書には以下のものがある。

池上岑夫編訳『ポルトガルの海』（彩流社）
高橋都彦訳『不安の書』（彩流社）
澤田直編訳『新編　不穏の書、断章』（平凡社）
近藤紀子訳『ペソアと歩くリスボン』（彩流社）
近藤紀子訳『アナーキストの銀行家　フェルナンド・ペソア短編集』（彩流社）

日本語で読める以下のペソア関連の本もお勧めしたい。

澤田直『フェルナンド・ペソア伝　異名者たちの迷路』（集英社）
アントニオ・タブッキ／鈴木昭裕訳『レクイエム』（白水社）
アントニオ・タブッキ／和田忠彦訳『フェルナンド・ペソア最後の三日間』（青土社）
アントニオ・タブッキ／和田忠彦訳『夢の中の夢』（岩波文庫）
ジョゼ・サラマーゴ／岡村多希子訳『リカルド・レイスの死の年』（彩流社）

WHO'S WHO

＊は実在の人物を指し、それ以外はペソアの作り上げた人々である。

José de Almada Negreiros＊　ジョゼ・デ・アルマダ・ネグレイロス（一八九三〜一九七〇）
画家、詩人、小説家、エッセイスト、批評家、演劇家、舞踏家。ポルトガル未来派の中で最も多才な人物。「オルフェウ」誌、「ポルトガル未来派」に参加、常にスキャンダルの中心にいた。ペソアの死後、いくつかのペソアの肖像を描いている。

Charles Robert Anon　チャールズ・ロバート・エイノン
生没年および出生地は不明。一九〇四年に英語で書かれたソネットの作者。「オルフェウ」誌にペソア名義で発表された室内劇『水夫』の草稿にもエイノンの署名がある。これは死体の納まった柩のある部屋で三人の娘が独白風に語るメーテルランクばりの劇。哲学的断片五篇が公表されているのみ。

Raphael Baldaya　ラファエル・バルダヤ
占星術師。『否定論』および『秘教的形而上学の原理』の著者。神智学をヘルメス主義の大衆化、キリスト教化とみなして断罪し、真の秘教を釈く。占星術師になることを真剣に考えていたペソアとは一九一五年ごろから交際を始めたとされる。

António Botto＊　アントニオ・ボット（一八九七〜一九五九）
同性愛者であることを公言し、それを主題とした作品を発表した。ポルトガル文学の系譜には当てはまらない異色の詩人。ペソアが設立した出版社オリジポから刊行した『詩歌集 Canções』が論争の種となる。

Alberto Caeiro　アルベルト・カエイロ
自然詩人。一八八九年、リスボン生まれ、一九一五年に結核で死去。金髪碧眼、中背で蒲柳の質だがそうは見えない。両親を早くに失くし、年老いた伯母に育てられる。年金生活者。教養とは無縁の野人であることを望み、高等教育も受けず、職にも就かず、リバテージョの田舎で過ごす。秘教的な思索を徹底的に推し進め、中途半端な神秘主義的汎神論を批判。代表作『群れの番人』は「ものをあるがままに捉える〈感覚的客観主義〉」の実践。ペソア及びレイス、カンポスから師と仰がれる。

Alvaro de Campos　アルヴァロ・デ・カンポス
未来派詩人、造船技師。一八九〇年、ポルトガル南部のタヴィラに生まれる。身長は一七五センチ。痩身でやや猫背。髭はなく、頭は胡麻塩。マラーノ（ポルトガルの改宗ユダヤ人）的雰囲気がある。神父の叔父にラテン語を習う。中等教育を受けた後、スコットランドで造船を学ぶ。東方旅行後リスボンに在住。代表作には長編詩『煙草屋』（一九三三）、『海のオード』、『勝利のオード』など。前衛的な詩人と激烈な論争家として知られる。

Adolfo Casais Monteiro*　アドルフォ・カザイス・モンテイロ（一九〇八～一九七二）
詩人、批評家、小説家。ペソアに兄事する。一九二七年にコインブラでガスパール・シモンイスらが創刊した「プレゼンサ」に参加。ペソアは異名者に関する手紙をはじめ重要な手紙を送っている。一九五四年ブラジルに亡命、大学で教鞭をとり、その地で没する。一九五八年、『フェルナンド・ペソアの詩研究』を発表。

Armando Cortes-Rodrigues*　アルマンド・コルテス＝ロドリゲス（一八九一～一九七一）
サン・ミゲル島生まれの詩人。高校で教鞭をとりながら、ヴィオランテ・デ・シスネイロスの筆名も用い「オルフェウ」誌に寄稿。ペソアの親しい友人の一人。彼宛のペソアの手紙二十五通が残されている。

A. A. Crosse　A・A・クロス
「タイムス」紙の懸賞クロスワードパズルの常連。賞金獲得の暁には、ペソアとオフェリアに結婚資金を提供すると約束していたが、賞金を得た例はなかった。

Thomas Crosse　トーマス・クロス
イギリス人作家。イギリスにポルトガルの感覚主義の詩人たちを翻訳紹介することを計画。またポルトガル文化のメシア的側面についての英語の著作も構想。「発見の起源」、「セバスティアン王の神話」、「帰還する王たち」などの草稿が残されている。

João Gaspar Simões*　ジョアン・ガスパール・シモンイス（一九〇三～一九八七）
ポルトガルの第二期モダニズムの立役者の一人。一九二七年、ジョゼ・レジオらと「プレゼンサ」誌を創刊。一九三五年からはリスボンに移り、旺盛な批評活動を続ける。一九二九年に出版した『主題』はペソアに言及した最初の批評。一九五〇年には『フェルナンド・ペソアの生涯と著作』を発表。

Eliezer Kamenezky* エリエゼール・カメネツキー

リスボン在住の亡命ウクライナ系ユダヤ人、古物商、古書店主。一九三二年刊行の詩集『サマヨエル魂』にペソアは序文を寄せ、ユダヤ教、キリスト教、フリーメーソン、カバラ、薔薇十字に関して縦横に論じている。

Raul Leal* ラウル・レアル（一八八六〜一九六四）

法曹界で働いた後、カバラ的な筆名エノック Enoch で文学及び哲学作品を書く。同性愛と神秘主義を交えた作品『神格化されたソドム』はペソアの設立した出版社オリジポから刊行、スキャンダルとなる。

Luís de Montalvor* ルイス・デ・モンタルヴォル（一八九一〜一九四七）本名は Luís da Silva Ramos。

詩人、出版者。「オルフェウ」誌に参加。一九三〇年、出版社 Ática を設立、一九四二年からペソア全詩集を刊行する。

António Mora アントニオ・モーラ

哲学者。背が高く、高圧的な眼差しの持ち主。異教的世界観を顕彰し、キリスト教を批判する論考『神々の帰還』の著者。晩年はカスカイスの精神病院で過ごす。

Jean Seul de Méluret ジャン・スル・ド・メリュレ

一八八五年生まれのフランス人作家。〈ひとりぼっちのジャン〉という名をもつこの著者は特に一九一三年から三五年にかけて執筆活動を行っている。『露出趣味の諸症例』、『一九五〇年のフランス、風刺』、『女衒殿』などの著作があるとされるが、作品そのものは見つかっていない。

Fernando Pessoa* フェルナンド・ペソア（一八八八〜一九三五）

様々の異名者たちの創造者であるペソアの同名者。創造者ペソアとの境界線は定かではない。

Abílio Quaresma アビーリオ・クアレジュマ

同名の主人公が活躍する推理小説の作者であり、本人自身も私立探偵。実証主義に逆らい、デュパンばりの推理で、現場を見ることなく事実を再構成する典型的な安楽椅子型探偵である。

Carlos Queiroz* カルロス・ケイロス（一九〇七〜一九四九）

詩人。オフェリアの甥。一九二九年、オフェリアにペソアの近影写真を見せたのがきっかけで、ペソアとオフェリアの恋愛が再燃する。

Ofelia Queiroz* オフェリア・ケイロス（一九〇〇～一九九一）

ペソアの婚約者。リスボンの良家の娘として生まれる。一九一九年十月、秘書として働き始めたとき、同じ貿易会社で商業翻訳をしていた詩人と出逢い、家族に内緒の交際が始まる。八ケ月後に関係は詩人の方から一方的に解消される。一九二九年、偶然の再会により二人の間で愛が再燃し、結婚が真剣に考えられるが、結局は別れることになる。二人の間で交わされた多数の書簡が残されている。

Frederico Reis フレデリコ・レイス

リカルド・レイスの従兄。リカルドの詩についての批評（ポルトガル語）が一篇だけある。

Ricardo Reis リカルド・レイス

秘教的詩人、医師。一八八七年、ポルトに生まれる。背はカエイロより僅かに高く、がっしりとした体格。髪はくすんだ茶色。イエズス会の学校で教育を受けたため半ばラテン主義者であり、自らの選択により半ばギリシャ主義者となる。博学であり、ホラチウスを敬愛し、ポルトガル語の統辞法を侵犯することを理想とする。王制主義者だったため一九一九年にポルトガルを離れ、その後はブラジル在住。代表作はリディアを主題としたオード群。ジョゼ・サラマゴ（一九二二～）の小説『リカルド・レイスの死の年』はペソアの死後にレイスがリスボンを再訪する物語。

Mário de Sá-Carneiro* マリオ・デ・サ＝カルネイロ（一八九〇～一九一六）

ポルトガルの第一期モダニズムの代表的詩人。一九一二年以来ペソアの親友となる。未来派運動の紹介、推進を行う。雑誌「オルフェウ」の最初の二号は彼の父の資金援助によって刊行された。パリ留学中にストリキニーネを呑んで自殺。ペソアに宛てた手紙が十通ほど残っており公刊されているが、ペソアの手紙の方は散逸。

Alexander Search アレクサンダー・サーチ

リスボン在住の英国作家。一八八八年六月十三日リスボン生まれ（ペソアと同年同日）。英文の著作に、小説「独創的な夕食」、『ポルトガルの王殺しとポルトガルににおける政治状況』、『合理主義の哲学』などがある。
Charles James Search　チャールズ・ジェームズ・サーチ
アレクサンダーの兄、一八八六年リスボン生まれ。翻訳家。
Bernardo Soares　ベルナルド・ソアレス
リスボン市のヴァスケス商会の会計補佐。リスボン中心部バイシャに住む独身者、フラヌール。ペソアとは自宅近くのレストランで知り合う。長大なモノローグであり、様々な物語、印象、記述、考察の混淆とも言える反小説『不穏の書』の著者。
Barão de Teive　テイヴェ男爵
常軌を超えた思弁に身を任せる狂気の思想家。著書に自伝的断章『ストア主義者の教育』がある。一九二〇年七月二十日に自殺。
ペソアは他にも名前のみ知られている多数の異名者や半異名者を創造した。研究者によるとその数は七十を優に超えるという。

年譜

一八八八年
六月十三日、フェルナンド・アントニオ・ノゲイラ・ペソア、リスボンに生まれる。父ジョアキン・デ・シーブラ・ペソア（三十八歳）は法務省の官僚であったが、音楽評論も手掛ける。母マリア・マダレーナ・ピニェイロ・ノゲイラ（二十六歳）はリスボン西方一五〇〇キロの北大西洋上にあるアソーレス諸島、テルセイラ島の高級官僚が輩出する家柄の出身でフランス語と英語が堪能だった。家には父方の祖母ディオニジアも同居していたが、彼女は精神の病に冒されていた。

一八九三年　**五歳**
一月、弟ジョルジェ誕生。七月十三日、父ジョアキン結核で死去。一家は父方の祖母や母方の伯母とともに転居。

一八九四年　**六歳**
一月二日、弟ジョルジェ死去。この頃、最初の異名者であるシュヴァリエ・ド・パス（フランス人）が現われる。

一八九五年　七歳

五月、祖母ディオニジアが発作の後、精神病院に二ヶ月間入院。七月二十六日、最初の四行詩「おかあさんへ」。十二月三十日、母マリア・マグダレーナ、ダーバン在ポルトガル臨時領事ジョアン・ミゲル・ローザと再婚。

一八九六年　八歳

一月二十日、母と共に継父の赴任地南アフリカのダーバンに出発。二月半ばに到着。三月、聖ヨゼフ修道会学校に入学。十一月二十七日、妹エンリケッタ・マダレーナ（愛称テッカ）誕生。

一八九八年　十歳

十月二十二日、次妹マダレーナ・エンリケッタ誕生。

一八九九年

四月、飛び級でダーバン・ハイスクールに進学。成績は優秀。ラテン語教師で英文学に造詣も深いニコラス校長の影響を受ける。

一九〇〇年　十二歳

一月十一日、弟ルイス・ミゲル誕生。

一九〇一年　十三歳

五月十二日、英語の詩を書く。六月二十五日、妹マダレーナ・エンリケッタ死去。八月一日、一家は一年間の予定でポルトガルに一時帰国。ディケンズの『ピクウィック・ペーパーズ』に熱中。

一九〇二年　十四歳

五月、一家は母方の親戚を訪れるため、母の故郷テルセイラ島を訪れ、九日間滞在。旅行中は日誌をつけて様々な名前で署名、また、英語やポルトガル語で多くの文章を書く。六月、フェルナンド以外はダーバンへ戻る。九月、フェルナンドも家族に合流。大学入試の準備をしながら、夜は商業学校に通う。

一九〇三年　十五歳

一月十七日、弟ジョアン・マリア誕生。十一月、ケープ大学に合格。英語のエッセイは八九九人中一位で「ヴィクトリア女王記念賞」を受賞。

一九〇四年　十六歳

ダーバン・ハイスクール（大学一年相当のクラス）に通い、シェイクスピア、ミルトン、バイロン、シェリー、キーツ、テニスン、ポー等を愛読。英語で詩と散文を書く。異名者チャールズ・ロバート・エイノンが現われる。八月十六日、末妹マリア・クララ誕生。

一九〇五年　十七歳
単身リスボンに戻る。はじめ大伯母マリア・ピニェイロの家に、ついで母の妹アニカの家に仮寓。リスボン大学文学部に通うが、継父の兄で詩人のエンリケ・ローザの奨めでセザリオ・ヴェルデなど同時代のポルトガルの詩に親しむ。カミロ・ペサーニャを紹介される。

一九〇六年　十八歳
五月下旬、原因不明の体調不良に悩む。友人のない孤独な生活の中、英国留学を考える。十月、休暇で家族が帰郷、一緒に住む。十二月、妹マリア・クララ死去。

一九〇七年　十九歳
四月二十五日、家族はダーバンに戻り、フェルナンドは祖母ディオニジアと大伯母たちと暮らす。祖母の精神障害が悪化し、ペソア自身も強度の鬱病に悩む。哲学書を耽読。フランスのデカダンス派に親しむ。ジョアン・フランコ政権に反対する学生集会に参加、六月頃、大学を辞める。アレクサンダー・サーチ名で英語の短編を執筆。怪奇小説『扉』を英語で執筆。九月六日、祖母ディオニジア死去。

一九〇八年　二十歳
貿易会社のための商業翻訳を始める。これが生涯の変わらぬ収入源となる。この時期、『ファウスト』の最初の草稿を執筆。二月一日、国王カルロス一世と王太子ルイス・フィリペが暗殺される。

一九〇九年　二十一歳
祖母の遺産を使って印刷機を購入、十一月に出版社イビスを設立するも、翌年には廃業。グロリア通りで一人暮らしを始める。

一九一〇年　二十二歳
十月四日革命勃発、翌五日、共和国宣言。十二月、雑誌「鷲」、ポルトで創刊。

一九一一年　二十三歳
ブラジルで出版予定の世界文学選集のため、詩の翻訳を引き受ける。

一九一二年　二十四歳
文壇の若い作家たちと交流。マリオ・デ・サ・カルネイロと親しくなる。四月、「鷲」誌に評論「社会学的見地から見た新しいポルトガル詩」を発表、論争が起こる。十月、サ・カルネイロがソルボンヌ大学留学のためパリに出発、その後、頻繁な文通が始まる。十一月、「鷲」誌に三号にわたり評論「心理学的側面における新しいポルトガル詩」を発表。

一九一三年　二十五歳

週刊誌「テアトロ」に寄稿。八月、「鷲」誌二〇号に散文「忘我の森で」が「現在準備中の『不穏の書』から」として発表される。

一九一四年　二十六歳

一月、イギリスの出版社の計画するポルトガル諺集のために三百の諺を選び翻訳するが、戦争勃発のため計画は頓挫。三月八日、彼の生涯の「勝利の日」、アルベルト・カエイロという決定的な異名者が現われる。六月、異名者アルヴァロ・デ・カンポスが現れ、次に異名者リカルド・レイスの最初の詩が書かれる。精神的危機に見舞われる。精神的危機に見舞われる

一九一五年　二十七歳

一月、英語詩「アンティノウス」の初稿執筆。三月、「オルフェウ」誌創刊、ペソア名義「船乗り」、カンポス「勝利のオード」掲載。自由で大胆な誌面が既成の文壇の冷笑と反撥を買う。六月、「オルフェウ」二号。ペソアの「斜雨」とカンポスの「海のオード」掲載。カンポスの公開書簡に憤慨した数人の同人が脱退。九月、出版社からの依頼でC・W・レッドビーターの『神智学入門』を翻訳。

一九一六年　二十八歳

占星術師として生計を立てることを考える。三月、初めて降霊術を体験。三月九日、ドイツ、ポルトガルに宣戦布告。四月、「逃亡」誌が創刊され、「不条理な時刻」を寄稿。四月二十六日、サ・カルネイロ、パリで自殺。印刷が終了していた「オルフェウ」誌三号は資金不足のため発行できず。住所を転々とする。アルマダ・ネグレイロスが「反ダンタス宣言」を発表、スキャンダルとなる。十二月、ルイス・デ・モンタルヴォルが創刊した「センタウロス」誌に、秘教的ソネット「十字架の道」十四篇を発表。

一九一七年　二十九歳

ポルトガル、第一次世界大戦に参戦。四月十四日、リスボンで最初の未来派宣言。アルマダ・ネグレイロスの講演「二十世紀ポルトガル世代への未来派最後通牒」がスキャンダルを引き起こす。六月、英詩集 The mad

Fiddlerを送ったイギリスの出版社コンスタープルから断りの手紙が届く。八月、友人たちと代行業務の会社を設立するが翌年には解散。十一月、「ポルトガル未来派」が創刊されるが、ネグレイロスの挑発的な作品のために警察に差し押さえられ、一号のみで終わる。実名の詩とカンポスの「最後通牒」を掲載。十二月五日、シドニオ・パイスがクーデターを起こし、独裁が始まる。

一九一八年　　三十歳

英詩集『アンティノウス』と『三十五のソネット』を自費出版。イギリスの批評家たちの注目を惹き、「タイムス」と「グラスゴー・ヘラルド」紙に好意的な批評が出る。十二月、独裁者シドニオ・パイスが暗殺され、ポルトガルは深刻な政治危機に見舞われる。

一九一九年　　三十一歳

四月、シドニオ政権に好意的な政治論文「ポルトガルをどのように組織するか」を「行動」に発表。十月五日継父ジョアン・ミゲル・ローザ死去。十月、オフェリア・ケイロスと出会う。当時十九歳、リスボンの良家の出で秘書として働きはじめた所だった。

一九二〇年　　三十二歳

一月、イギリスの「アセニウム」誌に英詩を発表。三月一日、オフェリアに最初の手紙を送り、双方の家族に内緒の交際が始まる。三月三十日、母と弟妹たちがポルトガルに戻り、一緒に暮らす。A・A・クロス名義で「タイムス」紙の懸賞クロスワードパズルに頻繁に応募する。十月、重度の神経症に悩み、入院を真剣に考える。十月、友人たちとオリジポ社を設立。十一月末、オフェリアとの関係が破局を迎える。

一九二一年　　三十三歳

オリジポ社からみずからの『英詩Ⅰ』、『英詩Ⅱ』、『英詩Ⅲ』とネグレイロスの著書を刊行。

一九二二年　　三十四歳

五月、ジョゼ・パシェコの雑誌「同時代」に「アナーキストの銀行家」発表。オリジポ出版、アントニオ・ボットの『詩歌集』を刊行。九月、「同時代」三号に評論「アントニオ・ボットとポルトガルの美的理想」。

一九二三年　　三十五歳

「同時代」七号にフランス語詩「三つのシャンソン」、同誌八号にカンポス名義「リスボン再訪（一九二三）」発表。

ラウル・レアルがエノックの偽名で出版した『神格化されたソドム』（オリジジポ出版）がスキャンダルとなる。三月、同書とボットの『詩歌集』がリスボン当局に押収される。カンポス名で過激な反論を行う。

一九二四年 三十六歳

十月、画家ルイ・ヴァスと共同で月刊誌「アテナ」創刊、翌年二月まで五号を出して終刊。

一九二五年 三十七歳

二月八日、継父の兄でペソアのよき理解者であったエンリケ・ローザ死去。三月十七日、最愛の母マリア・マダレーナ死去。ペソアは悲嘆にくれ、「アテナ」継続を断念。妹テッカ夫妻が気遣い、ペソアの家に転居。

一九二六年 三十八歳

妹テッカの夫カエタノ・ディアスと共同編集で「商業と経理」誌を創刊、「商業の本質」を発表。三月二十八日、軍事クーデターにより、第一共和制崩壊。

一九二七年 三十九歳

三月、ジョゼ・レジオらがコインブラで「プレゼンサ」誌を創刊。四月刊行の三号でレジオはペソアを新たな文学の指導者と明言する論考を掲載。六月、同誌五号に詩「海岸」とカンポスの芸術論「環境」を寄稿。

一九二八年 四十歳

四月十八日、コインブラ大学教授のサラザールが大蔵大臣に任命される。この時期、政治パンフレットをいくつか発表。友人たちと出版社ソリュサォン・エディトーラを始める。

一九二九年 四十一歳

九月、オフェリア・ケイロスとの関係が再燃、結婚が予定される。

一九三〇年 四十二歳

九月二日、イギリスの魔術師アレイスター・クロウリーがリスボンを訪問。九月二十三日、ペソアと二人で仕組み、クロウリーはカスカイスの「地獄の口」と呼ばれる奇観の地で謎の消失をとげる。十二月、ガスパール・シモンイスが最初のペソア論を発表。

一九三一年 四十三歳

三月、オフェリアとの関係が再び破局を迎える。十月、「プレゼンサ」誌にアレイスター・クロウリーの「牧神頌」の翻訳を発表。

一九三二年　**四十四歳**

七月五日、サラザールが首相に就任。九月、カスカイス市のカストロ・ギマランイス伯爵図書美術館の司書学芸員ポストに応募するも、不採用。十一月、「プレゼンサ」誌三六号に「自己心理記述」を発表。

一九三三年　**四十五歳**

新たな精神的危機に見舞われるが、創作的には多産な年。一月、フランスの雑誌「南方手帖」に詩五篇の翻訳が掲載される。四月十一日、サラザール独裁による新国家体制「エスタド・ノヴォ」が始まる。

一九三四年　**四十六歳**

アウグスト・フェレイラ・ゴメス『第五帝国』のため序文を執筆。十月、詩集『メンサージェン』を完成、十二月に出版。ポルトガル国民広報局のアンテロ・デ・ケンタル賞に応募するも、結果は次点。

一九三五年　**四十七歳**

一月、アドルフ・カザイス・モンテイロに異名者の生成に関する長文の手紙を書く。九月、イギリス在住の弟ルイス・ミゲル夫妻がポルトガルを訪れ、十五年ぶりに再会。ペソアはイギリス行きの計画を弟に告げる。十月三十日、当局の検閲に抗議するために、ポルトガルでの発表を止めることを決意。十一月二十九日、肝機能障害のため聖王ルイ病院に入院。三十日午後八時頃に死去。絶筆となったのは、鉛筆書きの英語 I know not what to-morrow will bring（明日が私に何をもたらすかは知らない）。死後には未刊の原稿が衣裳箱一杯に残された。十二月二日、一族の墓があるプラゼーレス墓地に埋葬される。

一九四二年

ジョアン・ガスパール・シモンイスとルイス・デ・モンタルヴォルの編集で、アティカ社から遺稿を含んだ全詩集（全十一巻）の刊行が始まる。

一九六八年

ペソアの原稿を集めた「ペソア文庫」の分類が開始。原稿は全部で二万七五四三点、うち手書き原稿一万八八一六点、タイプ原稿三九四八点。

一九七三年

妹エンリケッタが所持していたペソアの原稿「ペソア文庫」がリスボンの国立図書館に移される。

一九八五年

六月十三日、没後五十年を記念して（ただし、命日ではなく誕生日に）、ペソアの遺骸はジェロニモ修道院の中庭のパンテオンに移葬された。近くにはカモンイスとヴァスコ・ダ・ガマの墓碑がある。

一九八八年

生誕百年を機に、ポルトガルで新たな校訂版全集の準備が開始。

＊本年譜の作成にあたっては以下の文献などを参照した。
Vieira, Joaquim（Direção）, *Fotobiografias século XX, Fernando Pessoa*, texto de Richard Zenith, Lisboa, Temas e Debates e Autor, 2008.

今回、改訂版を刊行するにあたり、最新の研究を参照して、とりわけ年譜については全面的に変更した。詩および散文に関しては最小限の修正にとどめた。

海外詩文庫16

ペソア詩集

編訳者
澤田 直

発行者
小田啓之

発行所
株式会社 思潮社
〒一六二―〇八四二 東京都新宿区市谷砂土原町三―十五
電話〇三（五八〇五）七五〇一（営業）
〇三（三二六七）八一四一（編集）

印刷・製本
創栄図書印刷株式会社

発行日
二〇〇八年七月二十日 初版第一刷 二〇二四年八月一日 改版第二刷

海外詩文庫

1 シェイクスピア詩集　関口篤訳編
2 ディキンスン詩集　新倉俊一訳編
3 ボードレール詩集　粟津則雄訳編
4 オーデン詩集　沢崎順之助訳編
5 ホイットマン詩集　木島始訳編
6 ヴェルレーヌ詩集　野村喜和夫訳編
7 現代中国詩集　財部、是永、浅見訳編
8 カミングス詩集　藤富保男訳編
9 イエーツ詩集　加島祥造訳編
10 ハーディ詩集　大貫三郎訳編
11 パウンド詩集　城戸朱理訳編
12 ランボー詩集　鈴村和成訳編
13 ボルヘス詩集　鼓直訳編
14 ネルーダ詩集　田村さと子訳編
15 ウィリアムズ詩集　原成吉訳編
16 ペソア詩集　澤田直訳編
17 レクスロス詩集　ソルト、田口、青木訳編

英国文学の巨人の詩と戯曲。繊細な解説・原典引用付。
全ての女性詩人の栄光と悲惨を真実に著わした孤高の詩人。
「悪の華」「パリの憂鬱」他の新訳・名訳と秀逸な海外詩人論。
現代詩に最も影響を与えた詩人の最適の訳者による選詩集。
十九世紀米国を代表する詩人の全貌。全篇原文を収録。
日本近代詩にも深い影響を与えた詩人の抒情的な音楽の世界。
北島、芒克ら「今天」の詩人による、同時代の祈りと希望。
類まれなユーモアをリズミカルに翻訳。待望の一巻選集。
現代英国詩の大詩人の全貌を見事な翻訳で俯瞰する。
詩情溢れる翻訳で二十世紀の古典ハーディの魅力を探照。
永遠の放浪者パウンド。その優雅で凶暴な詩的実験。
新たな読解から神話に挑み、来たるべきランボー像を描く。
驚くべき博識と幻想世界。豊饒な詩空間への招待。
多彩な主張とスタイルを混在させるラテンアメリカの巨星。
アメリカ語の詩的可能性を追求した巨匠のエッセンスを凝集。
さまざまな異名で数多くの作品を残したポルトガルの代表詩人。
「ビートの父」として知られる二十世紀アメリカ詩人の軌跡。